As Primeiras Luzes da Manhã

Do Autor

O tempo que eu queria

As primeiras luzes da manhã

Fabio Volo

As Primeiras Luzes da Manhã

Tradução
Marcello Lino

BERTRAND BRASIL
Rio de Janeiro | 2012

Título original: *Le prime luci del mattino*

Capa: Humberto Nunes

Editoração: FA Studio

Texto revisado segundo o novo
Acordo Ortográfico da Língua Portuguesa

2012
Impresso no Brasil
Printed in Brazil

Cip-Brasil. Catalogação na fonte
Sindicato Nacional dos Editores de Livros, RJ

V895p Volo, Fabio, 1972
As primeiras luzes da manhã / Fabio Volo ; [tradução Marcello Lino]. — Rio de Janeiro : Bertrand Brasil, 2012.
252p. : 23 cm

Tradução de: Le prime luci del mattino
ISBN 978-85-286-1593-7

1. Romance italiano. I. Lino, Marcello. II. Título.

12-3362 CDD: 853
CDU: 821.131.1-3

EDITORA BERTRAND BRASIL LTDA.
Rua Argentina, 171 — 2º andar — São Cristóvão
20921-380 — Rio de Janeiro — RJ
Tel.: (0xx21) 2585-2070 — Fax: (0xx21) 2585-2087

Atendimento e venda direta ao leitor:
mdireto@record.com.br ou (0xx21) 2585-2002

às pequenas atenções

Prefiro ser odiado pelo que sou a
ser amado pelo que não sou.

KURT COBAIN

e na rua lado a lado
somos muito mais do que dois

MARIO BENEDETTI

Há momentos em que a vida proporciona instantes de inesperada beleza. Paramos de fazer algo e nos damos conta de que, à nossa volta, tudo está perfeito, dádiva de um Deus menos distraído do que de costume. Tudo parece sincero. O nascimento de uma nova vida, a alvorada de uma mudança — algo profundo ou simplesmente a confirmação de um afeto mantido oculto por um sentimento secreto, guardado em silêncio dentro de nós com pudor. Ou, então, o fim de alguma coisa, o fim de um momento, de um período difícil cada vez mais cansativo. É quando termina a respiração ofegante, deixando espaço para um suspiro longo e profundo, que enche e esvazia o peito. Nesses momentos, não me falta nada.

3 de janeiro

Tenho muitas suspeitas a meu respeito. Receio que minha vida seja um longo mal-entendido. Talvez eu não seja a mulher que acredito ser.

Esta manhã, ao acordar, foram esses os pensamentos que tive depois de ter tentado me lembrar de cada detalhe do que eu acabara de sonhar: era uma tarde de domingo, no verão, eu estava usando uma camiseta que mal tocava os joelhos e estendia roupas na sacada de um edifício. Ouvia, vindas do apartamento defronte, as batidas de um barbeador na pia. De repente, da porta em frente, um homem sai e acende um cigarro. Seus cabelos, ainda molhados, estavam penteados para trás, e ele usava uma regata branca e uma calça cor de avelã. Sorriu para mim e nos cumprimentamos:

— Lembre-se de que você virá à minha casa hoje à noite.

Entrei no meu apartamento para escolher o vestido que usaria.

Eu estava emocionada, animada e feliz. Quando cheguei à frente da porta do homem, ele pegou minha mão e me guiou lá para dentro. Era a casa em que eu crescera.

— Eu morava aqui antigamente, você sabia?

— Claro que sim.

Olhei à minha volta, e tudo estava como na minha infância. Até o relógio alaranjado pendurado na parede. O homem se aproximou, segurou meu rosto entre as mãos e cheirou meu pescoço. Senti um arrepio. Depois, quando ele estava quase beijando meus lábios, a campainha tocou.

Naquele momento, abri os olhos: era o despertador de Paolo. Eu sabia que soaria mais duas vezes, em intervalos de dez minutos.

O sonho ainda estava vivo dentro de mim: a sensação de liberdade, a emoção da espera, a expectativa do encontro. Virei-me para olhar meu marido, que dormia, e o observei por alguns minutos.

No sonho, em momento algum pensei que era casada e não podia aceitar aquele convite.

Fui até o banheiro, tomei banho e ainda me sentia como a mulher do sonho. Ultimamente, uma voz interior me confunde, abala minhas certezas, deixa-me insegura e indecisa, e o que senti no sonho desta noite certamente não me ajuda.

Hoje à tarde, lembrei-me do vestido que eu estava usando no sonho: eu o comprei no ano passado, mas nunca o usei porque, ao experimentá-lo em casa, não gostei mais de como ficava em mim. Depois do jantar, tirei-o do armário e, observando-o, fiquei me perguntando se era mesmo o vestido o que estava errado.

15 de janeiro

Fico feliz quando tenho dificuldade de encontrar uma vaga. Ultimamente, fico dentro do carro, falando por muito tempo ao telefone com Carla, para não subir logo para casa. Sempre foi assim com ela, desde a época da escola: não preciso explicar meu humor; basta que ela ouça minha voz para entender tudo. Depois, desço do carro, caminho até nossa casa e torço para que ele ainda não tenha voltado para que eu possa ter aqueles pequenos instantes de solidão que me fazem bem. Se, por outro lado, sei que ele já chegou, ando devagar. Quando entro em casa, procuro esconder o desconforto que carrego dentro de mim. Assim, sem perceber, aprendi a interpretar, a fingir, sobretudo a imitar. Imito a ideia de esposa que tenho na cabeça; imito minhas amigas apaixonadas e felizes; imito a mim mesma no início do casamento, um eu que não sou mais capaz de ser. Tudo isso para evitar que ele possa ver em mim uma inquietude interior, um excesso de tristeza. Muitas vezes, ao abrir a porta, tenho medo de voltar para casa sem sentir nada por ele.

Antes de entrar, sempre respiro fundo e ponho uma máscara. Há dias em que tenho a impressão de que ele nota quando estou fingindo, e não diz nada. De tanto fingir, às vezes nem sei mais qual é a verdade.

Como isso pôde acontecer? Tínhamos tanta certeza de nosso amor! Lembro-me como se fosse hoje do dia do casamento. Lembro-me dos preparativos, da expectativa por aquilo que estávamos fazendo juntos. Eu sempre sonhara com aquele dia. Em minha cabeça, sempre houvera um marido, era aquele que eu sempre quisera. Eu só precisava descobrir quem era ele.

Eu já havia decidido me casar antes mesmo de encontrar Paolo. Sempre pensei que só me tornaria uma mulher graças a um marido.

Eu era uma mulher feliz, como poderia ser diferente? Com o casamento, eu estava garantindo um futuro tranquilo, afastando para sempre o medo da solidão. Por isso éramos felizes, e não apenas nós: todos pareciam felizes. Agora, me pergunto se era uma coincidência ou se eu estava vendo minha vida com outros olhos.

Tudo era claro e cândido, como os lençóis da cama de casal na qual dormiríamos e faríamos amor pelo resto de nossas vidas.

No início, eu estava muito entusiasmada, bastava pouco para me sentir satisfeita: comprar duas tigelas coloridas para o café da manhã, panos de prato brancos com bordas azuis, uma almofada para o sofá, novas toalhas de mão para o banheiro.

Talvez tudo isso estivesse apenas em minha cabeça. De fato, pensando bem, quase não usamos muitas daquelas coisas, que ainda estão praticamente novas: a panela wok, as taças de champanhe, as xícaras de chá japonesas, a panela para a bourguignonne...

Nossa casa está cheia de velas que nunca foram acesas. Como nós dois. O pavio ainda está branco.

Antes de me casar, eu imaginava minha vida com Paolo, me via conversando com ele todas as noites, contando como havia sido meu dia, o que eu tinha feito e o que sonhava que fizéssemos juntos. Imaginava os jantares em casa, com amigos, e, depois, as risadas de cumplicidade enquanto tirávamos a mesa após todos terem ido embora. Imaginava nossas noites sozinhos em casa, assistindo a um filme no sofá, abraçados embaixo do edredom. Na verdade, não aconteceu quase nada do que eu havia sonhado. As conversas se tornaram cada vez menos frequentes, tanto que, por fim, me convenci de que, no fundo, não é necessário falar muito quando amamos. Com o passar dos anos, certamente é menos cansativo suportar o silêncio do que uma conversa que não nos interessa mais.

Com o tempo, alguns assuntos se tornaram tabus, e, então, por medo de falar demais, acabamos falando pouco. Às vezes me pergunto se não foram todas essas coisas não ditas que nos afastaram. As prioridades e urgências mudaram tanto que esquecemos tudo o que desejávamos.

Agora, meus dias são tristes sem que eu deixe transparecer. Ele confunde minha tristeza com cansaço.

Nada mais me surpreende: nem Paolo, nem a vida, nem eu mesma.

Fico me perguntando quando o futuro que eu havia imaginado começou a desbotar e onde foram parar os sonhos que eu tinha no dia do casamento.

Talvez exista algo pior do que sonhos perdidos: a falta de vontade de continuar sonhando. Fomos nos apagando lentamente, adormecendo sem nem sequer perceber. Primeiro, esvaziamos o futuro, depois, começamos a fazer a mesma coisa com o cotidiano, com o presente. Quando não conseguimos obter o que queremos, acabamos amando o que podemos.

Meu marido se tornou um irmão, mas, apesar disso, não consigo deixá-lo. Vejo tudo o que está errado, mas estou travada. Sonho em acordar e ser outra mulher, que vive uma vida diferente da minha. No entanto, se eu largasse tudo, sei que sofreria.

Ao ler essas palavras, senti uma ternura infinita. A mulher que as escreveu é tão frágil que logo me comovi. Senti vontade de ir até ela, abraçá-la e tranquilizá-la. Gostaria de dizer a ela que não deve se preocupar, que as coisas vão mudar e tudo vai ficar bem, ou melhor, que tudo *ficou* bem, embora ela ainda não tenha como saber. Ela não sabe que encontrará o caminho para sair de tal situação, que logo terá respostas para suas perguntas. Ainda não sabe que está prestes a se libertar de tudo o que a mantém atada, aprisionada, travada.

Estas não são apenas palavras de esperança. Quando leio este diário, não imagino o futuro daquela mulher e improviso com otimismo algumas previsões. Eu o vejo enquanto vivo meu presente.

Porque aquela mulher sou eu, alguns anos atrás.

Se eu pudesse viajar no tempo, iria até ela, pois me lembro de como se sentia sozinha. Eu não a impediria de viver as experiências que nos separam, nem mesmo as dolorosas, porque até aquela dor a ajudou a crescer. Eu me sentaria a seu lado para que ela sentisse minha presença.

Gosto da mulher que fui. Embora frágil, ela nunca foi fraca; mesmo cansada e esgotada, ela nunca parou de lutar. Soube resistir. Da mulher que fui, devo reconhecer os méritos, que eram muitos: a coragem de errar, a vontade de existir, a responsabilidade de escolher a si mesma.

Esta é a segunda mudança que faço em minha vida. A terceira, para ser mais precisa, se eu contar a da infância, quando eu tinha 7 anos e meus pais decidiram mudar de cidade. Naquela ocasião, não ajudei muito, o que mais fiz foi chorar.

— Você vai ver, Elena, vai gostar da casa nova... Seu quarto é ainda maior, e vão caber mais brinquedos — dizia minha mãe para me tranquilizar.

— Não quero um quarto maior, quero este aqui, quero ficar aqui.

Ontem à tarde, os rapazes da transportadora disseram para eu não me preocupar, porque eles fariam tudo. Perguntaram-me como deveriam arrumar as coisas, mas eu disse para eles levarem apenas as caixas que eu pensaria no resto.

Carla também se ofereceu para me ajudar, mas decidi fazer tudo sozinha.

Tenho 38 anos e estou novamente empacotando minha vida. De quantas caixas de papelão será que vou precisar? Dentro de quantas caixas cabe minha vida?

“Tenho dois dias para fazer tudo”, disse a mim mesma. “Com calma. Será um fim de semana longo e cansativo, mas tenho certeza de que vou conseguir encaixotar tudo.”

Ontem, comecei pela cozinha: pratos, copos, tigelas, xícaras. Entre hoje e amanhã, farei o resto.

Acabei de fazer café. Enquanto o bebo, caminho pelos cômodos. Fico impressionada ao ver as coisas prontas para serem empacotadas, ao observar as caixas abertas, ao andar por esta casa pela última vez.

Estou prestes a ir embora daqui. E quero fazer isso sozinha, em silêncio. Quero sair lentamente, consciente de tudo, sabendo o que estou deixando e emocionada pelo que me aguarda. Seja lá o que for.

Procuro roubar os cheiros, os sons, a luz que se apoia nas paredes. Ouvir pela última vez os ruídos que acompanharam minha existência nesta casa. Por isso, quis arrumar as caixas sozinha: quero guardar minha vida em ordem, tocando em cada objeto e vivendo a história e as recordações que ele evoca.

Cada recordação será como a palavra de um conto.

Apoio a xícara do café e pego alguns livros da estante. Gosto de abri-los e ver as frases que sublinhei ao longo dos anos. Descobrir o que chamava minha atenção, o que eu sentia, o que, no fundo, eu estava procurando.

Minha mudança começa daqui, das páginas do meu diário, dos relatos de quem eu era.

19 de janeiro

— Estou cansada, farta, entediada, precisamos fazer alguma coisa — continuo a dizer, mas ele não reage. Comporta-se como se nada tivesse acontecido, como se tudo estivesse tranquilo. A única diferença é que não tenta mais fazer amor comigo: sabe que eu negaria e, para não ser repudiado, não pede.

Como é possível desejar e amar um homem que não se rebela contra nada? No passado, ele reagia da maneira oposta: aproximava-se e perguntava se eu estava a fim de fazer amor. Tenho gravada na memória a vez em que, enquanto eu lavava os pratos, ele disse:

— Está a fim de ir lá para dentro fazer amor?

Com uma pergunta assim, em voz alta, mesmo que eu estivesse sentindo algum desejo, a vontade teria passado. Quanto mais coisas humilhantes ele faz, mais é gentil e afetado, e mais eu reajo com repugnância e violência.

Agora, para mim, é cada vez mais difícil fazer amor com ele. No passado, era menos penoso do que enfrentar certas conversas. E, de qualquer forma, tudo se resolvia em poucos minutos. Repito para mim mesma que sexo não é fundamental, porque nosso relacionamento, depois de tantos anos, pode contar com outras coisas: afeto, cumplicidade e o fato de nos conhecermos melhor que qualquer outra pessoa.

28 de janeiro

Fui tomada por uma grande vontade de viajar, rir, me divertir. A vontade de viver um mundo novo, diferente do meu. Preciso ser capaz de ter esperança. Preciso amar. Não quero mais encontrar desculpas para não amar.

Com Paolo, entretanto, acontece o contrário: ele trabalha, vem para casa, fala de trabalho, come, vê televisão e vai para a cama. Parece que quase se apagou, fala pouco, pega no sono à noite e se levanta pela manhã com a mesma cara. Vivemos uma rotina que não pode levar a nada diferente. Se não somos felizes hoje, não seremos amanhã. Tenho a impressão de estar consumindo minha vida à espera de algo que nunca acontecerá.

Nos últimos dias, tentei mais uma vez conversar com ele, dizer que algo não está funcionando. Ele sempre me responde que não é o momento. De manhã, porque acabou de acordar; à noite, porque teve um dia difícil no trabalho e gostaria de ficar em paz, pelo menos em casa; na cama, me diz que está cansado e que gostaria de conversar em outra ocasião, senão ficará com raiva e não conseguirá pegar no sono.

— A gente conversa amanhã.

Mas o amanhã nunca chega. Talvez eu mesma não esteja tão certa do que tenho a dizer. Também tenho medo de enfrentar certos assuntos. Acreditei tanto na história com Paolo que não consigo aceitar que me enganei. Odeio admitir que todos os sacrifícios, choros e silêncios não serviram de nada. Fico para morrer por não obter o que sempre desejei e ter que me render à ideia do fracasso. Não quero ouvir a frase: "Logo vocês dois, que formavam um casal tão bonito."

Insinua-se dentro de mim a tentação de escolher a renúncia em vez da derrota, de fingir que a vida não foi nos afastando silenciosamente. Então, começo a me perguntar se não é culpa minha, se talvez eu é que não saiba me dar por satisfeita, esteja correndo atrás de um sonho de perfeição que não pode ser alcançado na realidade. No fundo, Paolo é uma boa pessoa, e eu deveria aprender a ser menos exigente, mais autônoma emocionalmente, a me adaptar um pouco mais. Eu é que estou errada, Paolo está satisfeito. Para ele, parece suficiente me encontrar aqui quando abre a porta de casa à noite.

Tento pensar que é apenas uma crise passageira. Acuso-me de não amar o suficiente e prometo a mim mesma que vou amá-lo mais, como se tudo pudesse se ajeitar com um amor mais intenso. Nesses momentos, eu mesma não sei onde encontrar outras forças, invisto tudo outra vez na ilusão de transformar a mentira em verdade.

É necessária muita energia para inventar um futuro quando o presente parece mais ameaça que esperança.

Começo prestando atenção em meu comportamento, minhas ações, minhas palavras. Faço planos: um fim de semana, um jantar, uma receita, um novo corte de cabelo. Quero ter certeza de ter feito todo o possível. Para manter este casamento de pé, cheguei ao ponto de ter fantasias estranhas. Como pensar em Paolo com outra mulher, imaginar que ele está me traindo para conseguir sentir alguma coisa ainda.

Por um breve período, acredito, e tudo parece funcionar. Depois, basta um pequeno acontecimento para que eu seja arrebatada novamente pela dúvida, tal qual uma onda gigante. Sábado passado, por exemplo, acordei e queria tomar um café da manhã tranquilo, em silêncio: manteiga, geleia, suco de laranja, café. Quando cheguei à cozinha, Paolo tinha desmontado o aspirador de pó quebrado e forrado a mesa com folhas de jornal sobre as quais as peças estavam espalhadas. Eu não disse nada, preparei a cafeteira e fui para o banheiro. Depois, peguei o café e voltei para o quarto. Eu estava incomodada, mas sem vontade de discutir, então, fiquei na cama. Alguns minutos depois, ele entrou e me perguntou se eu sabia onde estava a garantia do aspirador. Abriu o armário e procurou algo em uma caixa. Então, deixou escancaradas as portas do guarda-roupa e do quarto e voltou para a cozinha, onde continuou a trabalhar fazendo barulho.

Naquele momento, pensei que esta vida não é mais para mim. Eu me senti como aquele aspirador de pó: um monte de peças que não consigo mais manter unidas.

Um fato tão tolo quanto o de sábado é suficiente para que eu deseje estar em outro lugar. Não me reconheço mais: sempre fui sorridente, alegre, compreensiva; agora, tenho comportamentos dos quais me envergonho. Às vezes, quando discutimos, sei que ele tem razão e que talvez eu esteja exagerando, sendo chata, mas é mais forte do que eu: já não o suporto mais. Certas manhãs, já acordo de mau humor, preciso sair logo da cama, porque até as cobertas parecem feitas para me aprisionar. Isso nunca tinha acontecido. Tenho medo de me tornar uma mulher má. Às vezes, tenho o mesmo comportamento que sempre odiei em minha mãe.

Não sei o que fazer, não sei como sair desta situação. Nem sei se tenho vontade de enfrentar todas as dificuldades, também de ordem prática, com as quais eu depararia ao me separar. O fato de eu não saber o que fazer de mim mesma rouba minha energia e força de vontade. Fico imaginando se vou ter forças para romper os vínculos que construí dia após dia. Não tenho serenidade para enfrentar o que posso encontrar se eu for embora daqui.

Eu precisava de alguém que me escutasse.

29 de janeiro

Cheguei em casa depois de um dia difícil no trabalho. Desde que me tornei gerente de marketing da empresa, tenho atraído a atenção de muitas pessoas. A maldade estúpida de alguns me deixa sem palavras. Às vezes, sinto vontade de mandar todos para aquele lugar.

Federica me disse que hoje Binetti estava fazendo piadas sobre mim. Insinuava que eu e o chefe tivemos um caso. Não é a primeira vez que isso acontece.

No jantar, eu queria desabafar com alguém. Contei para Paolo o que havia acontecido. Eu precisava de um ombro amigo, queria ser compreendida e tranquilizada. Quantas vezes escuto os problemas de trabalho dele? Esta noite, era minha vez. Paolo nem sequer me deixou acabar de falar:

— O que você quer que eu diga?

E começou a me falar de seu dia, comparando aos seus os meus aborrecimentos e dizendo que eu não deveria reclamar, que meus problemas não eram nada comparados ao que ele tinha de aguentar.

Não falei mais nada. Eu queria que, uma vez na vida, ele tivesse me escutado e dito algo carinhoso. Um abraço silencioso teria sido suficiente. Sou realmente muito idiota por ainda estar me sentindo mal. Ele é assim mesmo e nunca vai mudar.

30 de janeiro

Esta manhã, Federica entrou no escritório em polvorosa. Contou-me que havia saído e transado com um rapaz com quem vinha falando havia dias. Disse que nunca havia conhecido um homem com tanta disposição. Começaram a transar depois do jantar, e ela, por volta das duas horas, pediu uma pausa.

— Quando fui à cozinha pegar água, eu estava cambaleando, como se ele tivesse desaparafusado meus quadris. Fiquei com medo.

Rimos muito.

— Um homem assim não pode circular por aí à solta. Deveria receber uma identificação qualquer, uma medalha, um carimbo no braço.

Sempre rio com os relatos de suas aventuras, e a cumplicidade que alcançamos é certamente uma das coisas que me fazem ir trabalhar com prazer.

Hoje, o dia foi difícil, mas a reunião correu bem. Fui eficaz: administrei a apresentação de maneira impecável e enfrentei sem problemas os imprevistos que surgiram. O lançamento desse novo produto é muito importante para nós, por isso, o chefe decidiu investir em publicidade. Escolhemos uma nova agência, que logo demonstrou grande profissionalismo. Devo ser sincera: Federica me ajudou bastante. A essa altura, já estamos muito bem-entrosadas, basta um olhar para nos entendermos. Quando saímos da reunião para o coffee break, ela me perguntou se eu havia notado a forma como o redator da agência estava me olhando.

Com todos os problemas e tensões da reunião, a última coisa em que eu estava pensando era em quem se encontrava à minha frente...

Na verdade, me lembro bem de como ele me olhou naquele dia, durante a reunião. Não sei por que, naquela noite, menti até para mim mesma nas páginas do diário. Talvez porque quisesse dar prosseguimento à mentira contada a Federica:

— Não notei. De qualquer modo, acho que ele não estava me olhando da maneira que você está insinuando... Eu simplesmente estava na frente dele.

— Você até pode ser uma boa gerente de marketing, mas, para essas coisas... Melhor assim, talvez ele pare de olhar para você e comece a olhar para mim. Não tenho compromisso hoje à noite! — disse ela, rindo.

Fui ao banheiro e não tive como não notar que meus cabelos estavam despenteados. Depois, a reunião recomeçou, e, condicionada pelas palavras de Federica, percebi que ele me olhava frequentemente e até me lançava alguns sorrisos.

Era um homem bonito, de cabelos escuros com alguns toques grisalhos nas costeletas, olhos negros. Camisa, paletó e gravata impecáveis, sem nem sombra de amassados. No fim da reunião, ele foi embora junto com seus colegas e me cumprimentou por último. Apertou minha mão, encarando-me sem desviar o olhar. Fiquei perturbada. Aquele olhar continuou fixado em mim durante horas. O dia inteiro.

Também à noite, ao voltar para casa de carro, pensei novamente naquela reunião e me peguei rindo sem motivo. Naquela época, eu não estava acostumada a ser olhada daquele jeito.

2 de fevereiro

Eu sei, custam os olhos da cara, mas fiquei apaixonada. Além do mais, nunca compro nada para mim. Agora é que certamente não vou comprar nada por um tempo. Fiquei apaixonada assim que os vi na vitrine; continuaram a voltar à minha mente. Hoje de manhã, enquanto eu estava parada no sinal de trânsito, notei que uma moça usava um par semelhante. Decidi comprá-los. Depois do trabalho, corri até a loja e os comprei. Quando cheguei em casa, fui logo prová-los. Ficaram fabulosos. Fui mostrar a Paolo e pedir a opinião dele. Antes de mais nada, ele me lembrou que tenho um armário cheio de sapatos e botas e que eu deveria parar de jogar dinheiro fora daquela maneira. Depois, acrescentou que são agressivos demais para mim. Ele quis dizer que é para eu os usar quando sair sem ele.

Vim para o quarto e tirei a roupa. O que ele entende dessas coisas? Assim que falou de dinheiro, fugi; se tivesse me perguntado o preço, eu provavelmente teria mentido. Ou melhor, certamente.

Acabei de me virar para olhar os sapatos. Meus novos escarpins são lindos. Fiz muito bem em comprá-los.

3 de fevereiro

Federica realmente me faz rir: hoje, ela chegou ao escritório com um decote muito ousado, tanto que, a certa altura, comentei. Ela me respondeu que havia feito aquilo de propósito, porque, de manhã, acordara tarde e não tivera tempo de lavar os cabelos.

— Pelo menos, os homens não percebem, porque estão olhando para outra coisa.

Durante o dia, às vezes penso em como aquele homem me olhava. Penso em quando nos despedimos. Daqui a alguns dias, haverá outra reunião.

Eu estava com tanto medo daquele encontro que nem o registrei no diário. Eu continuava a fingir também para mim mesma, fazia de conta que a presença daquele homem não tinha mudado nada dentro de mim.

Naquele momento, eu atribuía àquele olhar e àquele homem a única causa de minha perturbação. Na verdade, em retrospecto, entendi que minha reação também dependia, em parte, do fato de eu não me sentir uma mulher desejada havia anos. Naquele período de minha vida, para nada além de me sentir mulher, eu precisava da ajuda de um salto doze, um vestido decotado e um batom de cor berrante. Ainda hoje, às vezes uso isso tudo, mas aprendi que são apenas acessórios: também sou mulher com jeans e sapatos rasteiros, sem maquiagem.

5 de fevereiro

Hoje, tudo correu bem. Não haverá mais reuniões, só a convenção e o jantar de gala em Londres com o pessoal da matriz. Depois, fim.

Foi um dos trabalhos mais cansativos que já fiz. Nesses dias, enquanto ele me voltava à mente, eu sorria, mas logo mudava de pensamento. Esta manhã, antes de sair de casa, me vi imóvel na frente do armário aberto, indecisa a respeito do que vestir.

Na reunião, fiz de tudo para não olhar para ele, para não encorajar de maneira alguma seu comportamento e, sobretudo, para não fazer com que nascessem em mim pensamentos insensatos. Não quero que surjam situações potencialmente constrangedoras no trabalho. Sempre me incomodaram. Conheço muito bem os homens que não nos tratam como profissionais. Enfrentei muitos deles: homens que não nos olham, que não nos deixam falar e, quando conseguimos dizer algo, nos interrompem antes de acabarmos ou, então, ao fim de nossas palavras, têm no rosto um sorriso de superioridade misturado com compaixão. Homens que têm na cabeça a equação simplista: bonitinha igual a burra. Aqueles que pensam que, se você tem um cargo de responsabilidade, automaticamente deve ter ido para a cama com alguém. Homens como aquele idiota do Binetti. Ele não consegue aceitar que sou gerente sem ter passado por uma cama.

Então por que, apesar da minha indiferença, aquele homem foi ao meu escritório e fez aquilo?

Embora na época eu não soubesse nada a respeito dele, bastaram aqueles poucos encontros para que eu intuísse que não se tratava daquele tipo de homem, mas não dava para ter certeza de que ele não estava tentando me seduzir com o intuito de obter vantagens na negociação.

Eu não queria confessar nem a mim mesma, mas esperava que a atenção dele fosse sincera e desinteressada.

Durante as reuniões, ele falava pouco, com voz calorosa. Era um daqueles homens que não temem o olhar dos outros. Era muito objetivo: os pontos que assinalava e as críticas que apresentava eram sempre pertinentes.

No intervalo, enquanto todos estavam tomando café no pequeno saguão, fui até minha escrivaninha para arrumar algumas coisas.

— Que pausa é essa se você vem aqui para escrever?

Ouvindo sua voz atrás de mim, fiquei constrangida. Senti meu rosto quente.

— Não estava com vontade de tomar café, e também é melhor eu ajeitar logo essa coisa, assim perderemos menos tempo.

— Então, esperamos você lá...

— Sim, sim, obrigada.

Ele foi embora, e tive dificuldade de terminar o que eu estava fazendo.

Lembro que, pelo resto da reunião, tentei ser desenvolta e tranquila, mas não consegui. Felizmente, àquela altura, não era mais minha vez de falar. Algo me impedia de ficar calma. Nem era mais necessário que eu levantasse o olhar para me dar conta dos olhos dele pousados em mim.

No fim da reunião, percebi que ele estava fazendo de tudo para se aproximar. Cumprimentou-me por último e me encarou. Mantive os olhos baixos e o cumprimentei apressadamente. Estava me sentindo salva.

Naquela noite, ao sair do escritório, achei no bolso do sobretudo um pedaço de papel: nele estavam escritos seu nome e seu número de telefone pessoal. Senti uma onda de calor. Guardei imediatamente o bilhete de volta no bolso, quase como se precisasse escondê-lo. Como se o simples fato de segurá-lo me tornasse culpada de algo. Depois, abri aquela gaveta da escrivaninha que mantenho fechada à chave e joguei o papel lá dentro. Eu estava sozinha no escritório, mas me sentia observada. Tranquei tudo e voltei para casa.

6 de fevereiro

Hoje de manhã, assim que cheguei ao escritório, abri a gaveta para me assegurar de que aquilo realmente tinha acontecido: o bilhete ainda estava lá. Eu continuava a olhá-lo e, depois, o guardava. Durante o dia, era como se, ali dentro, fechado à chave, houvesse algo vivo.

Gosto do fato de que esteja escrito à mão, de que não seja um cartão de visita impresso com o sobrenome sublinhado, como de costume.

Nunca vou ligar para aquele número. Tenho certeza. Soube logo de cara. No entanto, não consegui rasgá-lo... Ainda está lá, na gaveta.

Não falei a respeito com ninguém, nem mesmo com Federica. Não sei por que me comportei daquela forma. Parecia que eu estava sendo injusta com ele.

Falei apenas para Paolo. Durante o jantar, contei tudo, mas disse que havia acontecido com Federica.

— Deve ser um desses homens que sempre fazem isso, como meu irmão: se percebem que existe uma pequena possibilidade, logo fazem uma tentativa. Não bancou o engraçadinho com você porque deve ter visto que você usa aliança.

Essas palavras me incomodaram. Não tanto porque é isso que Paolo pensa, mas porque talvez aquele homem tenha me visto como uma mulher fácil.

Não vejo a hora de que seja logo segunda-feira para eu ir até o escritório e rasgar o bilhete.

9 de fevereiro

Hoje, recebi boas notícias no escritório. Estou feliz, encarregaram-me de outro projeto, que vou acompanhar com Federica.

Rasguei o bilhete com o número de telefone dele. Devo admitir que pensei um pouco antes, mas depois concluí que era a coisa certa a fazer. Não quero mais pensar a respeito.

Quero escrever sobre Paolo, isso sim. Há alguns dias ele anda diferente. Esta noite, quando voltou do trabalho, até me deu um beijo. Ele nunca faz isso. Tanto que olhei para ele como quem diz: "O que está acontecendo?" Mas ele já havia se afastado e estava com a cabeça enfiada dentro da geladeira. Durante o jantar, Paolo estava estranho, parecia distraído, porém foi mais afetuoso do que de costume. Fiquei com medo de que ele tivesse lido meu diário. Mas é impossível. Ele nunca faria isso.

Quando reclamo de Paolo nestas páginas, em seguida me sinto culpada. Muitas vezes, sinto vontade de apagar tudo, reabrir o diário e arrancar as páginas, mas, em um diário, não podemos apagar nem arrancar páginas. É uma regra minha: ao longo dos anos, descobri que as coisas que quis apagar foram se revelando as mais verdadeiras com o passar do tempo. Fico aterrorizada com a ideia de que meu diário possa acabar nas mãos de alguém. De Paolo, da faxineira, de algum ladrão. Nenhum objeto dessa casa tem mais valor do que estas páginas.

10 de fevereiro

Ontem, Paolo me deu um beijo. Hoje de manhã, me disse que domingo vamos almoçar na casa da mãe dele. Estou sem palavras. O beijo de Judas: Paolo sabe muito bem o quanto me desagradam os almoços na casa da mãe dele.

Hoje, saí do escritório com aquele pensamento e tive vontade de ir cortar os cabelos.

Não gosto da minha aparência quando saio do salão. Sempre preciso voltar para casa e me arrumar ao meu modo. Na frente do cabeleireiro, não consigo, tenho medo de ofendê-lo. Hoje, porém, fiquei contente com o corte, parecia que meu rosto estava mais jovem. Apesar da falta de vontade de ir à casa da mãe de Paolo e de o beijo de Judas dele ter me incomodado, voltei para casa com a cabeça vazia. Não estava com raiva nem triste. Depois, porém, jantando com Paolo, aquela leve alegria desapareceu. Não sei se foi por causa de seus silêncios ou por ele nem ter notado meu novo penteado, mas comecei a me sentir melancólica. Embora não seja a primeira vez que ele deixa de perceber minhas mudanças.

Quem é o mais cego de nós dois? Ele não consegue ver, eu não consigo entender. Não consigo entender por que ainda fico mal com essas coisas. Será que algum dia Paolo vai voltar a me ver com os olhos das primeiras vezes?

Os almoços na casa de minha sogra eram uma tortura. Era sempre como uma prova na faculdade. Aliás, pior. Naquele dia, o irmão de Paolo, Simone, também estava presente. Na época, ele tinha quase 40 anos, namorava uma mulher diferente a cada dois meses e estava sempre pronto a criticar as pessoas casadas.

— Com o casamento, as pessoas não prometem amor, mas sim que vão ficar juntas mesmo não se amando mais. Coitados... Vocês têm medo da solidão, não é? Ficam aterrorizados com a ideia de envelhecer sozinhos. Na verdade, vocês já estão sozinhos e nem se dão conta.

Nas primeiras vezes, o comportamento dele me incomodava e eu sempre caía em suas provocações. Embora ele dissesse tudo de maneira simpática e irônica, eu sempre discutia. Eu defendia o casamento de maneira tão agressiva que, muitas vezes, ao registrar no diário meus pensamentos mais íntimos, me perguntava se realmente acreditava no que havia escrito. Aos poucos, Simone insinuava dúvidas dentro de mim. Por vezes, cheguei até a pensar que eu não acreditava mais naquelas palavras tão fervorosas, que elas eram apenas palavras vazias.

Agora, depois de tudo o que aconteceu, vejo Simone de outra maneira. Ele parece ter tanto medo do amor que até me causa certa ternura. Em um aspecto, porém, ele era mais habilidoso do que Paolo: liberar-se dos tentáculos da mãe.

Ela é uma mulher que apela para os sentimentos de culpa e para a vitimização.

— Estou sempre aqui sozinha desde que o pai de vocês morreu, não saio mais e ninguém mais me leva para dar uma volta de carro. Eu queria visitar a prima de vocês, Marina, e conhecer a recém-nascida...

Simone respondia:

— Mamãe, você sabia que existe transporte público? É uma invenção maravilhosa: basta pagar uma passagem e um senhor vestido de azul-marinho a leva aonde você quiser. Imagine só, existem também táxis, que a deixam na porta de casa e cujos motoristas até agradecem quando você salta.

Já Paolo...

— Mamãe, não se preocupe, mais tarde eu e Elena vamos com você até a casa da Marina, está bem?

Quando aconteciam essas coisas, eu fulminava meu marido com o olhar, mas ele fazia uma expressão patética, como se dissesse: "Coitada da mamãe!"

Minha sogra é uma mulher que vive no passado, quando ainda era esposa e mãe em tempo integral. Ela contava casos que eu já sabia de cor: sempre os mesmos, repetidos como um disco arranhado. Quando falava do marido, por outro lado, havia uma espécie de mitificação, e as frases começavam sempre com *se*: "Se seu pai ainda fosse vivo, isso não teria acontecido"; "Se seu pai ainda estivesse aqui, ele cuidaria disso..."; "Se seu pai ouvisse essas coisas, você levaria uma bela bronca..."

A mãe de Paolo não era simpática comigo, escrevi isso várias vezes no diário, ela não fazia nada para ser mais agradável.

Eu odiava o que Paolo se tornava na presença dela. Voltava a ser uma criança, incapaz de contradizer ou negar qualquer pedido. Além disso, nunca suportei o hábito de quem pega em nosso braço e o aperta enquanto fala, como se tivesse medo de que fôssemos fugir.

Comigo, então, a mãe de Paolo não era gentil. Sempre criticava tudo: meu modo de cozinhar, de fazer compras, onde eu as fazia, como eu lavava, como me vestia.

Naquele dia, assim que nos sentamos à mesa, ela disparou:

— Você não passa as camisas do Paolo? Ele está sempre de camiseta ou suéter. Ele fica tão bem de camisa... Paolo, quer que eu compre umas duas na loja aqui embaixo?

— Não, mamãe, tenho camisas suficientes, e é a empregada quem as passa, não Elena. Você sabe que ela também trabalha o dia todo — tentou replicar.

— Eu também trabalhava, mas não tínhamos condição de ter uma empregada. Cabia a mim fazer tudo, e ai de mim se seu pai não encontrasse as camisas bem-passadas. Era uma tragédia, lembra? Ah, falando da loja aqui embaixo, comprei cuecas tanto para você quanto para seu irmão, estavam em oferta. São de um algodão muito bom...

— Mamãe, quer parar de comprar cuecas para mim? — irrompeu Simone. — Já disse que não quero.

— Cale a boca, você nunca gosta de nada.

Levantou da mesa, foi para o outro cômodo e voltou com duas sacolas.

— Quer que eu experimente agora enquanto estamos comendo, assim você fica contente? — ironizou o irmão de Paolo, jogando sua sacola em cima do sofá.

Às vezes, Simone me fazia rir à beça.

Paolo, por outro lado, depois de agradecer, examinou bem a parte da frente e de trás das cuecas, me olhou e perguntou:

— Gostou?

Concordei com a cabeça resignadamente, ele as dobrou, guardou-as e pôs a sacola perto da porta de entrada, com medo de esquecê-la.

Durante o almoço, minha sogra continuou a falar da prima que se tornara mãe havia pouco tempo, mas que não era casada.

— Mamãe, que importa se eles são casados ou não? Pergunte a si mesma se eles são felizes. Que diferença faz para você?

— Claro, Simone, para você está sempre tudo bem. Para você, idiotas são os outros que se casam. Não entendo: agora que eles já têm uma filha, por que não se casam? Se, como você diz, não muda nada, então que se casem!

— Deixe os coitados em paz! Sua irmã se casou aos 25 anos e hoje é uma baleia deprimida. Só pensa no que vai dar de comer aos filhos, que também já são duas pequenas baleias.

— O que isso tem a ver com o casamento?

— Eu sei, eu sei, nunca nada tem a ver com nada...

— Você vai ver: assim que encontrar a mulher certa, você também vai mudar de ideia e se casar logo, logo.

— Pode esperar sentada, mamãe.

— Ah, claro, enquanto você continuar a sair com essas aí...

— "Essas aí"? O que você está querendo dizer?

— Você entendeu muito bem. Não me faça dizer certas coisas, porque hoje é domingo, mas você entendeu direitinho. O papa disse a mesma coisa no "Angelus" hoje de manhã: quem não se casa não forma uma família.

— Muito bem, citações do papa, era só o que faltava. O que ele sabe de casamentos? Ele já foi casado alguma vez? Se bastasse se casar para formar uma família, teríamos resolvido os problemas do mundo. E, falando das mulheres com quem eu saio, você precisa aprender que, se uma mulher se recusa a ser esposa ou mãe, isso não significa que ela seja uma puta.

— Simone! É domingo e estamos à mesa. Se seu pai estivesse aqui, você não falaria assim.

Também naquele domingo, como em tantos outros em que o irmão estava presente, Paolo e eu falamos pouco porque Simone e a mãe bateram boca o tempo todo. Tomamos café e comemos a torta de sorvete que havíamos levado. Ao fim do almoço, como sempre, fingi que queria ajudá-la a lavar os pratos, mas ela me impediu. Não insisti. Simone fumava enquanto a mãe dizia que ele devia parar ou que, pelo menos, devia comprar cigarros industrializados em vez de enrolá-los.

— Mais cedo ou mais tarde, vou dizer que não são cigarros — sussurrou, piscando um olho para mim.

Eu só queria ir para casa o mais cedo possível. Antes de sair, Paolo foi ao banheiro, e sua mãe, infalivelmente, repetiu a mesma frase pronunciada desde que nos conhecemos:

— Apagou a luz do banheiro?

Era só pôr o pé fora de um cômodo para que ela fosse verificar se as luzes haviam sido apagadas.

Diante do elevador, enquanto esperávamos minha sogra, Simone jogou para Paolo a sacola com as cuecas.

— Use as minhas também. São de um *algodão ótimo.*

— Vamos levar mamãe até a casa da Marina. Se ela vir que você me deu suas cuecas, vai ficar chateada.

— Console-a, você que é bom nisso. Tchau, gente triste.

— Despediu-se e desceu dois degraus, virando-se para mim depois. — Você ficou bem com esse corte.

Paolo me olhou.

— Ah, é verdade... Ficou mesmo.

16 de fevereiro

Está tudo confirmado: daqui a uma semana, vamos festejar o sucesso do projeto em Londres. Haverá um dia de trabalho, depois, aperitivo e jantar. Na manhã seguinte, voltamos. Estou feliz com essa viagem, espero ter um pouco de tempo para visitar a cidade. Faz muito tempo que não vou a Londres. Eu e Federica já elaboramos um plano de fuga antes do aperitivo. Também preparamos uma lista de lojas que precisamos ver de qualquer jeito.

Paolo acabou de entrar no quarto e me perguntou com um tom antipático o que tanto tenho para escrever no diário todas as noites.

— Que você é um marido chato – respondi.

Ele riu.

Perguntei se ele quer ir comigo a Londres. Hoje, fiquei pensando, e me pareceu uma boa ideia, talvez nos faça bem mudar de ares. Ele me respondeu que gostaria, mesmo que fosse apenas para me impedir de jogar dinheiro fora nas lojas, mas que não podia por causa do trabalho. Insisti, mas não teve jeito.

Talvez seja melhor assim.

Ele é realmente um marido chato.

17 de fevereiro

Hoje à noite, fomos jantar fora com Giovanni e Anna. De todos os casais que conhecemos, eles são meu preferido. São bonitos juntos. São simpáticos, alegres e têm sempre algo divertido e interessante a dizer. Não acredito que estejam fingindo. Parecem se amar muito. Ela contou que se inscreveu, há um mês, em um curso de tango. Estava entusiasmada. Falou que é uma espécie de droga, não consegue mais ficar sem, se diverte, e o professor disse que ela já está dançando muito bem.

Ela e Giovanni vão passar duas semanas na Argentina. Brincamos muito falando da possibilidade de ele dançar tango, já que não leva jeito algum. Rimos de sua maneira desengonçada de se mexer e nos lembramos de um réveillon que passamos juntos, no qual choramos de rir enquanto o olhávamos na pista.

A Argentina foi uma ideia de Giovanni. À mesa, brincando, ele nos disse:

— Dei de presente para ela um curso intensivo, assim fico sozinho durante o dia e posso sair e paquerar as argentinas.

Anna sorriu e disse que estava tranquila, porque Giovanni não pode competir com os argentinos, que, em sua opinião, são feitos para amar, assim como os cubanos.

Paolo perguntou como ela sabia daquilo.

— Na minha casa antiga, eu tinha um vizinho argentino e, à noite, quando ele transava, parecia que estava disparando rajadas de tiro em um cubículo. Uma noite, peguei o elevador com uma garota que ia para a casa dele. Olhei para ela como se fosse alguém que tinha no bolso um bilhete premiado da loteria, mas ainda não soubesse.

Fora as piadas, o presente de Giovanni me comoveu. À mesa, ele segurava, acariciava e beijava a mão de Anna. Sempre noto o olhar dele enquanto ela fala, quase fico com inveja. Em meu relacionamento com Paolo, não há espaço para manifestações públicas de afeto. Na verdade, nem particulares.

Até pus o vestido que comprei sábado e tentei ficar o mais bonita possível, mas, a esta altura, já não sei se faço isso mais por mim ou por Paolo. Gosto da ideia de receber elogios na presença dele. Esta noite, recebi vários. Ele não me disse nada.

Então, voltamos para casa de carro, não abrimos a boca. A única coisa que Paolo disse é que a Argentina é perigosa e que "aqueles dois" devem tomar cuidado. No silêncio da viagem de carro, fui tomada de repente pela mesma sensação do outro dia, no escritório. Silvia recebeu um buquê de flores e, quando o portador o entregou, fiquei curiosa para saber para quem era. Ela começou um relacionamento há pouco tempo, e seu namorado faz surpresas desse tipo. Até a espera sair do escritório para que ela não precise voltar de ônibus. Fico com vergonha de escrever isto, mas tive esperança de que aquelas flores fossem para mim. Há anos Paolo não me dá flores, a não ser a mimosa de sempre no Dia da Mulher. Claro, não posso pedir que meu marido me mande rosas. É um pensamento que deve partir dele. O problema é que também não posso esperar uma viagem à Argentina. Mas, nesse caso, ao contrário das rosas, eu também sou responsável. Há quanto tempo não começo algo novo? Algo que me envolva, que nos envolva? Eu provavelmente não dançaria tango, mas poderia encontrar algo mais parecido comigo. Por isso, a certa altura, eu disse:

— Nós também poderíamos fazer uma viagem... Na Páscoa, talvez, para um lugar mais próximo do que a Argentina.

Quase fiquei com vergonha ao dizer isso, senti um certo mal-estar. Depois, acrescentei:

— Você tem certeza de que não quer ir comigo para Londres?

Sem se virar, com o olhar fixo na rua, Paolo respondeu:

— Não posso ir a Londres, estou cheio de trabalho. Mas uma viagem mais à frente, sim... Por que não? Não na Páscoa, que para mim é um período complicado, mas logo em seguida daria.

No mesmo instante em que ele dizia essas palavras, sabíamos que nunca faríamos aquela viagem. Para nós, nunca é o momento certo. Mas nos tornamos ótimos em fingir que não se trata de uma das mentiras de sempre. Por alguns instantes, a meu ver, até chegamos a acreditar e conseguimos vivenciar um pequeno eco daquelas emoções somente anunciadas e nunca vividas.

No entanto, há dias em que tudo me cansa, até as coisas que não são feitas.

Neste momento, já me parece muito ir a Londres na semana que vem.

No dia anterior à partida, falei com Carla ao telefone.

— Cartão-postal nada! Se eu vir algo bonito, compro para você!

— Quero um cartão-postal, faz muito tempo que não recebo um. Se você encontrar algo bonito também, não vou ficar ofendida.

— Deixa comigo. E que cartão-postal você quer: um com a rainha da Inglaterra, com a Lady Di ou com Charles e Camilla?

— Prefiro uma vista de Londres.

Só Carla para me pedir um cartão-postal.

Naquele telefonema, falamos dele, do homem que me olhava. Eu não queria voltar àquele assunto, porém não pude deixar de dizer para Carla que esperava não passar por situações constrangedoras. Ela disse para que eu não me preocupasse e pensasse em que vestido levar; aliás, me lembrou dos sapatos novos. Eu já havia pensado naquilo, mas tinham me voltado à mente as palavras de Paolo: "Leve, porque, se não os usar em ocasiões como essa, quando vai usá-los?"

— Eu não queria parecer agressiva demais. Pode ser que, as outras ponham sapatos normais e eu chegue usando salto doze. Eu sabia que nunca os usaria. Joguei dinheiro fora, Paolo tem razão.

— "Paolo tem razão" é uma frase que não faz sentido. E que importam as outras? Faça o que eu estou dizendo, confie em mim: ponha aqueles sapatos na mala.

23 de fevereiro

Londres é linda. Assim que os compromissos de trabalho terminaram, eu e Federica saímos correndo para fazer compras. Comprei uma saia, uma camiseta, um par de sapatos e mais algumas coisas fofas para a casa. Eu teria gastado muito mais, mas consegui não exagerar. Além da Liberty, onde eu já havia estado, me apaixonei por uma outra loja, que se chama Anthropologie, em Regent Street, e também pelo restaurante onde tomamos chá: Ottolenghi, em Notting Hill. Depois, voltamos para o hotel, para o aperitivo e o jantar. Tudo foi divertido, nem parecia que eu estava ali a trabalho.

Durante o aperitivo, ele não me procurou nem me deu muita atenção. Trocamos apenas algumas palavras rápidas, e eu fiquei muito na defensiva. Achei que ele estivesse ressentido porque nunca telefonei. De qualquer maneira, não fiz menção alguma ao bilhete.

Senti-me tola por ter dado tanta importância aos seus olhares. Durante o jantar, eu o observei mais do que ele a mim. Quando nossos olhos se cruzavam, ele sorria e fazia o gesto de um brinde à distância. Depois, continuava a falar com outras pessoas. Se eu percebia que ele estava me observando, sentia um certo prazer. Por outro lado, quando eu o via falar com outras mulheres, quase sentia ciúme.

Depois, aconteceu: me virei para olhá-lo e ele me olhava fixamente, de um jeito diferente, profundo. Naquele instante, ele fez com que eu me sentisse "escolhida", como se tivesse decidido que eu deveria ser sua. Senti-me totalmente desejada. Desviei o olhar e não me virei mais na direção dele durante o resto do jantar.

Mais tarde, fomos para o bar. Ele animou a noitada: nos fez rir muito e, no final, conquistou a todos, homens e mulheres. Entendi que, para ele, não é nada difícil seduzir uma mulher.

Não preciso reler as páginas daquela viagem a Londres. Lembro-me de tudo como se fosse ontem. Eu estava diante da porta de meu quarto quando ouvi a chegada do segundo elevador e a voz dele:

— Boa-noite, Elena.

Fiquei sem graça, mas ouvir meu nome pronunciado por ele me surpreendeu de maneira agradável.

— Não se assuste, não estou seguindo você. Meu quarto fica ao lado do seu. Preciso obrigatoriamente passar por aqui.

— Não estou assustada.

Na verdade, eu estava.

Ele se aproximou. Chegou bem perto. A ponto de meu nariz se encher de seu cheiro. Eu havia bebido um pouco e, talvez por isso, senti uma leve vertigem. Ele se aproximou ainda mais. Minha cabeça começou a girar.

— Desculpe por ter subido ao mesmo tempo, parece que estava seguindo você... Na verdade, não foi por acaso. Fiz isso de propósito, porque queria lhe dizer uma coisa.

Naquele momento, fiquei com medo de que, ao olhar nos meus olhos tão de perto, ele pudesse entender que eu também o desejava.

— Queria cumprimentar você pela maneira como realizou todo o trabalho e concluiu o projeto. Espero que haja outras ocasiões para trabalharmos juntos.

Depois, com um gesto delicado, afastou meus cabelos do rosto.

— Boa-noite — disse e se dirigiu para seu quarto.

Quando cada um de nós ficou diante da própria porta, nos olhamos uma última vez.

— Você fica muito bem com esses sapatos.

— Obrigada — respondi e fugi para dentro do quarto em um segundo.

Apoiei-me na porta fechada. Minhas pernas tremiam. Os joelhos cederam, fazendo-me escorregar lentamente até que eu me sentasse no chão. Depois de alguns segundos, tive a sensação de ouvir os passos dele voltando rumo a meu quarto. Encostei o ouvido na porta. Eu estava no escuro, com os olhos fechados, e podia ouvir até o menor dos ruídos. O coração estava acelerado e minha mãos suavam. Fiquei imóvel por alguns minutos naquela posição, depois, me deitei na cama.

Eu estava agitada. O coração não queria parar de bater forte. Mas não era apenas meu coração que pulsava. Todo o corpo estava abalado, aceso, vivo, vibrante.

Não consegui pegar no sono por muito tempo. Lentamente, a agitação foi embora e enfim adormeci.

Ao acordar pela manhã, eu me sentia distante do que havia acontecido na noite anterior, como se tivesse sonhado com tudo aquilo. Prometi a mim mesma que não beberia mais. Depois, liguei para Carla.

— Diga que você acabou de voltar para seu quarto tomando cuidado para que ninguém a visse sair do quarto dele. Diga que passou a noite toda com ele e que, neste momento, está com tanta fome que poderia comer todo o bufê do café da manhã...

— Carla! Acabei de acordar sozinha em meu quarto. Desculpe pela decepção. Faltou pouco, mas...

— Ele tentou?

— Não, não diretamente.

— O que significa "não diretamente"?

— Durante o jantar, me deu uma olhada que me arrepiou, depois, no corredor, me cumprimentou bem de perto.

— Vocês se beijaram?

— Não, ele foi para o quarto dele.

— Onde foram parar os homens de antigamente?

— Melhor assim. Ontem à noite, houve um momento em que eu até poderia ter dito "sim". Bebi e faltou pouco para que eu fizesse essa burrada e complicasse minha vida.

— Como você sabe? Talvez agora estivesse se sentindo ótima.

— Acho que não. Neste momento, minha vida já me parece bastante confusa. Só me falta uma coisa dessas.

— Sabe que, ontem à noite, fiquei pensando em você aí com ele e, na minha cabeça, você estava ótima?

— Ficou louca?

— Não, não. Pensei muito e, no fim das contas, acho que faria muito bem a você.

— Basta ser alguma coisa contra o Paolo que você...

— É verdade. Pôs os sapatos novos?

— Sim.

— Com o vestido preto ou com o vermelho?

— Com o vermelho.

— Muito bem. Quando você vem me visitar para passarmos um fim de semana juntas? Tenho um monte de coisas para contar.

— Durante a semana, vou ver como andam os novos projetos e, assim que souber de alguma coisa, aviso. Não vejo a hora. Preciso ficar um pouco com você; está sendo um período estranho.

Depois de desligar, desci. Paolo não havia ligado, nem sequer me mandara uma mensagem para saber como tinham sido a convenção e o jantar. Quando cheguei na sala do café da manhã, o homem estava sentado sozinho.

Encaminhei-me para o bufê, indecisa se deveria me sentar sozinha ou ir para a mesa dele. Coloquei duas fatias de pão de forma em um forninho com uma esteira. Fiquei olhando para as fatias, que despareceram dentro do forno: depois de alguns segundos, elas saíram do outro lado, já torradas. Coloquei-as novamente na esteira para ganhar tempo. Saíram praticamente queimadas. Dei meia-volta e ele estava atrás de mim.

— Descansou bem?

— Sim.

— Quer se sentar comigo ou prefere ficar sozinha?

— Com prazer.

Tomamos o café da manhã juntos. Falamos de vários assuntos: cinema, música, lugares do mundo, férias. Não mencionamos o trabalho nem o tal bilhete que ele pôs no meu sobretudo e que rasguei. Depois, chegaram Federica e Giorgio, outro colega. De vez em quando, enquanto os outros falavam, nossos olhares se cruzavam, e ele sempre esboçava um sorriso delicado. O fato de termos iniciado aquela refeição juntos criou uma espécie de intimidade entre nós. Quando nos despedimos, ele me deu dois beijos no rosto e sussurrou em meu ouvido:

— Você tem um cheiro delicioso.

27 de fevereiro

O que está acontecendo comigo? É possível amar um homem e desejar outro?

Essa pergunta me persegue e me deixa nervosa há dias. Outra noite, durante o jantar, eu estava criticando tudo e todos, tanto que chamaram minha atenção para esse fato.

Hoje de manhã, acordei me sentindo estranha e olhei Paolo, que dormia. Observei-o bem e notei uma coisa tola: ele tem pelos longuíssimos nas orelhas. Eu nunca havia percebido. Há dias que me incomodam coisas nele que antes eu nem sequer notava. Quando ele come ovo no café da manhã, não suporto mais o jeito como ele bate com a colherzinha na casca para quebrá-la. Fico com ódio de mim mesma por isso; afinal, ele não está fazendo nada de errado.

Ultimamente, eu o olho e ele me parece um estranho, como se eu absolutamente não o conhecesse. Sinto-me sempre culpada quando estou com ele. Quanto mais ele me incomoda, mais me sinto culpada e o incômodo aumenta. Sempre foi assim com ele. Muitas vezes, sem um motivo real, sinto vontade de lhe pedir desculpas.

Estou me transformando em uma velha histérica. Ontem à noite, Paolo, ainda com os cabelos molhados do banho e perfeitamente arrumados para trás, tanto que era possível ver as linhas do pente, vestiu um casaco e se sentou no sofá para ver televisão comendo pistaches. Tinha até colocado um guardanapo de papel sobre a mesinha para depositar as cascas. Levantei-me e fui para a cozinha fingindo beber um copo-d'água, mas, na verdade, fugi do impulso de virar todos os pistaches em sua cabeça. Tudo me incomodava: os barulhos, vê-lo mastigar, até a pilha de cascas sobre o guardanapo.

Há cada vez mais coisas que não suporto nele: gestos, ações, expressões, hábitos que me esforço a cada dia para ignorar. Às vezes, me pego adotando propositalmente um comportamento que o incomoda e, o que é pior, por despeito. Há vezes em que tenho vontade de puni-lo por algo que não sei explicar.

Outro dia, ele se aproximou para me dar um beijo, e fiquei sem jeito. Não gosto mais da ideia de beijá-lo nem de que ele me toque. Meu desejo desapareceu. Não sei por que, tampouco onde foi parar ou o que o substituiu. Fico incomodada até quando Paolo me vê perdida em pensamentos e me pergunta: "O que foi?" Eu gostaria de responder de forma grosseira, dizer que não é problema dele. Sinto tudo como uma invasão.

Estou sendo má. Eu sei.

Descobri o que é pior do que um beijo negado quando você o deseja: um beijo recebido quando já é tarde demais.

Antes, eu sempre tinha vontade de falar com ele, mesmo quando não era necessário. Agora, tenho sempre vontade de ficar calada. Mergulho em longos silêncios. O que está acontecendo comigo? Quem estou me tornando? Sinto-me duplicada, como se uma parte de mim tivesse começado a me olhar, a observar minha vida. Só sei que cada vez tenho mais vontade de ir embora. Não sei para onde... Para longe de tudo isso, dessa vida, de mim mesma, das coisas que tenho e da mulher que me tornei.

Talvez agora me bastasse apenas ficar um pouco sozinha. De repente, me deu vontade de decorar o porão e me mudar para lá, mas daria trabalho demais e seria difícil de explicar.

É melhor ir para a cama e parar de escrever neste diário. Reconheço essas noites: escrevo coisas muito importantes e, depois, não poderei mais fazer de conta que não é comigo.

3 de março

Ultimamente, me olho mais no espelho. Observo-me de frente, de perfil, afasto os cabelos, brinco fazendo caretas, expressões, puxo a pele do rosto para ver como eu ficaria se fizesse um lifting. Acho que tenho um corpo bonito para a minha idade. Não frequento academias, embora devesse, mas meus seios ainda são bonitos, e gosto dos meus quadris. Acho que meu corpo é desejável.

Neste período, sinto-me petulante. Sinto o desejo de ser menos obediente.

Ontem, ao sair do trabalho, fui com uns colegas do escritório beber algo. Geralmente recuso o convite, mas, ontem à noite, em um ímpeto repentino, aceitei. Tomei dois drinques e, quando todos saíram para fumar, fui atrás e pedi que alguém me desse um cigarro. Não traguei, obviamente.

Eu deveria sair mais vezes com o pessoal. Ontem, me diverti. Estava me sentindo mais leve, relaxada, e não tensa como de costume. Fiquei até um pouco alegrinha com os dois drinques, tanto que não escrevi antes de ir dormir.

Ao voltar para casa de carro, eu estava feliz, mas, em dado momento, não sei por que, fui tomada por certa nostalgia e me lembrei de quando eu voltava para casa depois da escola. Quis abrir a porta e encontrar minha mãe pondo a mesa depois de preparar um prato de massa com ragu.

Sabe-se lá por que, quando bebo, fico nostálgica. Hoje, depois do trabalho, me permiti um gesto de vaidade. Comprei uma peça de roupa íntima que estou usando neste momento, enquanto escrevo. É uma combinação de renda preta. É a primeira vez que compro algo do gênero; sempre achei rendas um pouco vulgares e inadequadas para mim. Mas esta, que deixa transparecer ligeiramente o seio, me agradou logo, ainda na loja, assim que experimentei.

Agora, vou tirá-la e guardar na gaveta antes que Paolo volte para o quarto. Tenho certeza de que ele daria um jeito de fazer com que eu me sentisse ridícula.

10 de março

Antes de escrever o que aconteceu hoje, quero contar uma coisa que aconteceu domingo de manhã.

Depois de tomar café da manhã, preparei mais um café e o tomei no sofá. Paolo tinha saído. A certa altura, enquanto eu pensava em várias coisas ao mesmo tempo, me levantei de repente e comecei a abrir as janelas da casa. Eu parecia uma louca. Não sei explicar o que me incitou a fazer aquilo, mas senti o impulso repentino de escancarar todas as janelas e deixar entrar um pouco de ar. Depois, tomei banho e saí para dar um passeio. Até comprei flores. Continuo a me sentir estranha nesses últimos dias. Preciso de alguém que saiba me escutar e ajudar. Sozinha, consigo pensar e registrar nestas páginas o que sinto e vivencio, mas não sou capaz de encontrar uma solução para meu desconforto. Só espero que tudo passe rápido, que as coisas se resolvam logo e minhas dúvidas desapareçam.

No entanto, tenho medo de que tudo piore. Hoje, fiz uma coisa que me envergonha e para a qual não encontro resposta.

Este mês, Silvia recebeu pela segunda vez um buquê de rosas vermelhas no escritório. As garotas se divertem rindo dela. Ultimamente, seu sorriso está lindo, ela está alegre e cheia de amor. Entra no escritório e anda como se seus pés não tocassem o chão. Hoje à tarde, antes de ir embora, ela me entregou um e-mail que havia enviado à agência. Ao lê-lo, percebi que ela havia confundido algumas informações que discutimos anteriormente. Tive uma reação exagerada. Dei-lhe uma bronca em voz alta, o que nunca costumo fazer. Nem sei por que fiquei tão irritada. Silvia quase começou a chorar. Logo em seguida, me arrependi daquele comportamento e me desculpei com ela inventando uma mentira: disse que tinha acabado de receber uma notícia ruim.

Hoje à noite, amigos vieram jantar aqui em casa. Preparei verduras, postas de atum com vinagre balsâmico e sementes de gergelim.

Brincando, Dario me disse que não mereço um marido tão bom quanto Paolo. Ele não estava falando sério, mas, de qualquer forma, aquilo me incomodou. Estou cansada de ouvir que Paolo é uma pessoa fantástica, que me ama e que tenho sorte por ter um marido assim. Ele é uma boa pessoa, sei muito bem disso, mas a verdade é outra, e as pessoas que não moram nesta casa não têm como saber. Claro, não brigamos quase nunca, ele não falta ao respeito comigo... Mas também não me abraça, não me beija nem me arrasta para a cama.

Sinto-me sozinha nesta casa, neste casamento. Sinto-me sozinha até quando estou no carro com ele.

13 de março

Ontem perguntei a Paolo se ele ainda me ama. Não sei de onde tirei coragem. Ele me olhou com uma expressão estranha, surpresa, e disse:

— Claro que ainda amo você... Por que você está me perguntando isso?

Fiquei aliviada por ele não ter acrescentado: "E você?"

Percebi que escrever é uma faca de dois gumes. Faz com que eu me sinta bem, mas, ao mesmo tempo, me inquieta. Fora o temor de que alguém possa ler estas páginas, compreendi que o fato de fixar os pensamentos, cristalizá-los com a escrita, destaca de maneira inequívoca minhas contradições e fracassos. Quando releio por acaso estas páginas após alguns dias, às vezes encontro pensamentos que parecem ter sido escritos por outra pessoa. Nas entrelinhas, descubro medos e desejos que eu achava não me pertencerem. Sonhos que esqueci ou talvez tenha apagado de propósito quando me conscientizei de que nunca se realizariam.

Escrever este diário me distancia de maneira clara de meu passado. Sob certos aspectos, me desencoraja; sob outros, me surpreende. Fico triste ao ver como eu era, o que eu sonhava ser e o que me tornei. As páginas deste diário me assustam e inquietam, sobretudo as brancas, que me esperam. Se imagino meu futuro, parece que vejo a mesma vida monótona se repetindo, com a única diferença de que estarei cada vez mais velha.

Eu gostaria de falar com alguém, de ter uma pessoa próxima que pudesse me compreender, me aconselhar, me ajudar a entender. Se eu me abrisse com Paolo, ele diria uma das suas frases tranquilizadoras e riria de mim. Encurtando a história, agiria como se estas minhas dúvidas fossem um capricho de esposa. Há algo em meu caráter, em meu jeito de ser que não consigo captar, não consigo explicar a mim mesma nem entender.

Continuo a repetir para mim mesma que está tudo bem. Então, por que minhas mãos estão tremendo?

Um dia, naturalmente, tudo mudou. E nada mais foi como antes. Um mundo de certezas foi levado embora, atropelado.

Na vida, há momentos, instantes, frações de segundo em que um "não" pode se tornar um "sim". Durante anos, esperei que minha vida mudasse, mas, agora, sei que era a vida que esperava que eu mudasse.

Naquela época, quanto mais eu repetia para mim mesma que não queria ligar para ele, mais a tentação aumentava. Por isso, eu havia decidido contar tudo a Federica. Eu tinha certeza de que, no momento em que outra pessoa soubesse daquilo, eu não teria mais coragem. Abrir o jogo com ela acabaria definitivamente com aquela sensação.

Naquela manhã, depois de uma consulta com minha ginecologista, liguei para Federica. Eu não iria ao escritório, já que havia pedido o dia inteiro de folga.

O telefone começou a tocar. Federica não respondia. Tentei mais duas vezes, e nada. Quanto mais o telefone tocava sem que ninguém respondesse, mais a tentação de ligar para ele crescia. Uma voz dentro de mim me dizia que eu estava errada em ter todo aquele medo, que não havia nenhum problema em tomar café com aquele homem e bater um papo, como havia acontecido em Londres durante o café da manhã. Eu dizia a mim mesma que encontrá-lo não significava ir para a cama com ele e que, até então, eu não havia traído nem mentido. Armada com esses pensamentos, liguei para o seu celular de trabalho.

— Oi, aqui é a Elena.

Meu coração já estava saindo pela boca.

— Oi, que prazer! Não reconheci o número. Tudo bem?

— Tudo... Estou ligando do meu celular, não estou no escritório.

— Não vai trabalhar hoje?

— Não, tirei um dia de folga... Tinha algumas coisas para fazer.

— Você não quer me encontrar?

— Ah, não sei, na verdade, só estou livre agora...

— Tudo bem, só preciso de uma meia hora.

Eu esperava que ele dissesse que não. Acho que eu não teria ligado outra vez.

— Olhe, estou em casa — acrescentou. — Anote o endereço, assim, enquanto você chega, acabo o que estou fazendo.

Fiquei muda. Eu não queria ir à casa dele, mas não consegui dizer não. Ele me deu o endereço.

— A gente se vê daqui a meia hora. Fico feliz que a gente vá se encontrar. Tchau.

Naquele momento, pensei que havia arrumado um problema.

Enquanto ia em direção à casa dele, comecei a ter medo. Tremia toda, estava aterrorizada com o que poderia acontecer, com medo de mim. Não estava mais segura de minhas certezas. Mesmo que um café não fosse uma traição, eu continuava a pensar em Paolo.

Toquei o interfone na frente do portão, embora estivesse aberto. Era para avisar que eu havia chegado. Ele respondeu:

— Primeiro elevador, quarto andar.

Preferi subir a pé. O coração batia cada vez mais forte, não sei se por causa das escadas ou pela expectativa de vê-lo. Eu estava com um nó no estômago, as mãos suando frio. Queria um espelho para me arrumar. Parei no segundo andar, agitada demais, as pernas cedendo. Ouvi as voltas da fechadura. Ele estava girando a chave e provavelmente me esperaria no patamar. De repente, sem pensar, virei e desci a escada correndo. Fugi rapidamente e me fechei no carro. Eu estava assustada.

O telefone começou a tocar. Era ele. Não atendi. Acho que fiquei no carro mais de meia hora. Depois, quando me acalmei, digitei uma mensagem: "Desculpe, recebi um telefonema inesperado e precisei ir embora."

Eu sabia perfeitamente que ele não acreditaria. Dei uma longa caminhada e pensei que voltar atrás havia sido uma decisão acertada. "Em certos casos na vida, é necessário saber parar a tempo", eu repetia para mim mesma. Quando voltei para casa, lembro-me de ter sentido certa segurança. Fico me perguntando quanta felicidade aquilo me custou.

Paolo saiu do banheiro de roupão. Tinha acabado de tomar banho. Instintivamente, fui até ele e o abracei. Ele se desvencilhou de meu abraço.

— Se é uma tática para não fazer o jantar, não vou cair nessa — disse ele, de maneira irônica.

Enquanto eu cozinhava, fiquei pensando no que aconteceria se um dia eu decidisse dar meia-volta na escadaria do meu prédio.

18 de março

Ontem à noite, não escrevi nada, estava emputecida e decepcionada demais. Eu queria passar uma noite diferente com Paolo e fiz reserva em um restaurante para sexta-feira à noite. Imaginei que tomaríamos vinho e daríamos uma volta no Centro. Sempre gostei de passear tarde da noite pela cidade e olhar as vitrines das lojas fechadas.

Depois de ter feito a reserva, liguei para Paolo e perguntei se ele topava jantar fora. A reação dele decididamente foi muito diferente da que eu havia imaginado.

É melhor eu nem escrever agora o que aconteceu, porque, se eu ficar pensando, vou acabar deprimida e não estou a fim.

Ainda hoje, fico surpresa ao ver a que ponto havia chegado nosso casamento e o quanto eu estava obstinada a negar aquela situação.

Depois da formatura, logo encontrei um trabalho que me agradava e que, no fim das contas, não pagava mal. Eu tinha muitas vantagens, mas, depois de aproximadamente um ano, fui embora. Faltava uma coisa: a possibilidade de crescimento. Eu não podia ter novas experiências, aprender, melhorar. Não entendo por que não fiz o mesmo com o casamento. A certa altura, não havia mais nenhuma perspectiva, nenhuma noção de crescimento, e até a ideia de organizar um jantar romântico havia se tornado difícil.

— Não, não é que eu não esteja a fim de jantar fora sexta-feira, mas é que... trabalhei a semana inteira como uma mula e queria ficar tranquilo, relaxar um pouco.

— Bem, não é você quem cozinha no restaurante. A gente senta e relaxa.

— Não estou com vontade de pegar o carro, ficar uma hora procurando vaga, sentar com as pessoas em volta gritando... Mas, se eu for obrigado a ir, vou.

Senti-me uma verdadeira idiota.

— Não se preocupe, esqueça.

De noite, em casa, o clima estava pesado. Tenso. Em dado momento, Paolo perguntou se eu estava com raiva por causa da história do restaurante.

— Imagina... Era só um jantar.

— De qualquer forma, não é culpa minha.

Eu o fulminei com os olhos.

— Desculpe, mas estou trabalhando no escritório, cheio de chateações, você me liga e, como se não bastassem aquelas encheções de saco, vem me falar de jantar fora na sexta!

— Não achei que jantar fora comigo fosse uma encheção de saco. Eu estava tão certa de que você ia gostar que até já tinha reservado.

— Ah, pior ainda... Reservou sem nem me perguntar se eu estava a fim?

— Ouça, Paolo... Vamos deixar isso para lá, sério.

— Mas foi você quem fez tudo sozinha. Era só ter me perguntado antes e eu logo teria dito que não. Que culpa eu tenho? Você é quem faz tudo. Se fosse por mim, não teria acontecido nada.

Não respondi e fui logo para a cama.

Na manhã seguinte, liguei do escritório para Carla e disse que, no fim de semana, iria para a casa dela. Depois, liguei para o restaurante para cancelar a reserva. Não me pediram explicações, mas me senti no dever de dar uma justificativa:

— Infelizmente, uma pessoa faleceu.

Do outro lado da linha, uma mulher me respondeu:

— Meus pêsames.

Na sexta-feira, após a briga com Paolo, fui para a casa de Carla.

Toda vez que eu ia para lá, repetia para mim mesma que devia fazê-lo com mais frequência, mas, depois, as coisas da vida me distraíam daquele propósito. Jantamos em uma graça de restaurante, nos divertimos. Depois de um passeio, voltamos para casa e ficamos batendo papo no sofá enquanto tomávamos chá.

Carla sempre foi uma referência para mim. Eu a acho linda, porque é uma pessoa corajosa, capaz de se jogar de cabeça nas coisas. Penso em sua história com Alberto. Ela deixou tudo o que tinha, a casa em Milão, o trabalho, os amigos, e se mudou com ele para a província de Forlì. Mesmo quando a história com ele acabou, nunca a ouvi se queixar ou dizer que se arrependia da escolha que havia feito.

— Por que você não volta para Milão? O que está fazendo aqui?

— Ainda não é o momento.

— O que você está esperando? Que Alberto decida voltar?

— Não, sei que ele nunca mais vai voltar.

— Então?

— Não sei. Sinto que agora não é o momento de ir embora. De qualquer maneira, se Alberto voltasse, eu não o aceitaria mais.

— Você é muito estranha.

— Vamos mudar de assunto e falar desse tal homem do olhar magnético.

— Não tenho nada a dizer...

— Não, quero saber tudo. Você não gosta de ninguém nem vê os outros homens... Não vai me fazer mudar de assunto nem se me matar.

É verdade que não gostei de ninguém, ao contrário de Carla. Desde menina, sempre fui assim. Sempre invejei a liberdade dela e a coragem de fazer o que tinha vontade, pouco se importando com o julgamento alheio. Para mim, de suas qualidades bastaria essa. Se ela gostava de um homem, não criava muitos problemas: ia para a cama com ele, às vezes até na primeira noite. Eu não gostava de nenhum, nem dos bonitos, que agradavam a todas. Nunca gostei de homens bonitos. Quantas noites fiquei falando disso com as amigas! Elas riam de mim, me chamavam de "santa Maria Goretti", diziam para eu me jogar de cabeça, aproveitar a vida, mas não me interessava ir para a cama com um homem que não me dizia nada. Eu não me sentia bem. Pelo contrário.

Quando encontrei Paolo, as amigas não entendiam o que eu via nele.

— Você não foi para a cama com aquele cara e, depois, começou a namorar o Paolo. O que você vê em um sujeito como ele?

Depois que viram que a coisa era séria, pararam de fazer comentários. Lembro que eu sempre justificava todas as observações que elas faziam.

— Você não vê que ele é um preguiçoso? Nunca tem vontade de fazer nada.

— Ele não se exalta, é um cara tranquilo.

— Mas vocês, pelo menos, transam?

— Sim. Não sempre, ele não é um desses obcecados por sexo, ainda bem. É um cara tranquilo.

Durante um período, elas o haviam apelidado de "o tranquilo", porque era como eu justificava tudo. Nem eu sabia explicar o que via nele. Ele me agradava. Ponto final. Não sei por quê. Se não fosse o fato de ele ter se acomodado totalmente, eu ainda gostaria dele. Eu não gostava do que ele havia se tornado.

— Então, vai falar ou não desse homem misterioso? Você está sendo vaga e dando respostas poucos satisfatórias a noite inteira.

— Porque não tenho nada a dizer.

— Elena, conheço você muito bem. Essas respostas não me enganam. Vai me dizer que não pensa mais nele?

— Não. Quer dizer, sim, de vez em quando penso. Mas sei que não seria certo.

— Que saco essa história de certo e errado! Sempre ouço você dizer essas palavras. Uma vez na vida, faça o que você está a fim. Você não tem curiosidade de descobrir por que um homem entra na sua cabeça só com um olhar?

— Claro que tenho curiosidade, do contrário eu não teria subido aquela escada, mas vai continuar sendo apenas uma curiosidade. Por mais que eu esteja fascinada, sou uma mulher casada.

— Que saco!

— Eu sei, mas, de qualquer maneira, não quero trair Paolo.

— Tomar café e bater papo não é trair.

— Não confio.

— Tem medo de ser violentada?

— Está rindo de quê? Quero dizer que não confio em mim.

— Isso é ainda mais engraçado. Você iria à casa desse homem e faria de tudo para não gostar dele. Depois, mesmo que gostasse, fugiria pela escada, como fez da outra vez, e abriria mão de tudo. Como sempre.

— Como sempre? Nunca abri mão de homem nenhum por causa do Paolo.

— Não estou falando de homens, mas em geral. Você gosta de abrir mão das coisas, de se sacrificar. Você sabe muito bem disso.

— Ainda essa ladainha?

Havia anos que Carla dizia que eu usava a renúncia como crédito. Segundo ela, eu me sacrificava por alguém para que a outra pessoa se sentisse em dívida comigo.

— Se eu fosse você, a esta altura da vida, me jogaria de cabeça, me permitiria o luxo de experimentar. Você sempre fez o que todos julgavam certo. Permita-se um erro: o espaço de um erro é um espaço de crescimento.

— Você é uma figura... Se eu já sei que é um erro, por que deveria cometê-lo?

— O erro em si não conta muito, o que importa é o que nos tornamos depois, como ele incide sobre nós, como nos transforma. Talvez você melhore. Quem sabe? Vamos, Elena, uma vez na vida, faça algo, ainda que não tenha sentido.

— De que pode me servir fazer algo que eu já sei que não faz sentido?

— Na vida, não fazemos as coisas apenas quando têm uma utilidade. É uma brincadeira... Quando você brincava na infância, precisava saber para que aquilo servia?

— Algumas bobagens podem ser evitadas.

— O problema é que você sempre precisa entender tudo. Analisa e reanalisa as coisas até destruí-las. Sempre acha mais importante entender do que sentir.

— Sim, aliás, muitas vezes, eu nem entendo.

— Faça algo por você mesma uma vez na vida. Talvez depois você descubra que fazia algum sentido. Você já era assim quando criança. Antes mesmo de saber quem você era, já sabia o que queria. Como se outra pessoa tivesse escolhido aquilo para você.

Nisso ela tinha toda a razão. Sempre soube como queria que fosse minha vida. A escola, a universidade, o homem com quem me casaria... Até a cor do sofá. Nunca mudei de ideia quanto a mim.

— Uma vez na vida, permita-se a possibilidade de encontrar uma parte diferente de si mesma, esqueça um pouco quem você acha que é e veja o que acontece.

É verdade, nunca quis decepcionar ninguém. E, naquele período de minha vida, eu tinha a sensação de que, no fundo, aquilo não havia servido de nada.

— Vamos fazer uma brincadeira, Elena: se você pudesse fazer qualquer coisa, sem limite algum, qual seria seu pedido agora?

— Não sei, preciso pensar. E o seu?

— Não vale, agora é a sua vez. Eu falo depois.

— Para ser sincera, neste momento, eu gostaria das coisas de que você falou. Acordar uma manhã e dizer "chega, agora é a minha vez", mas, depois, eu não saberia o que fazer, porque não entendo direito a que se refere o "chega"... Isso, pode rir, mas é assim.

— Não estou rindo, estou sorrindo.

—Gostaria de sentir algo novo, intenso. Mesmo que fosse apenas uma vez.

— O que você faria? Iria até ele?

— Não sei. A verdade é que, naquele dia, eu estava muito emocionada e não faço ideia do que teria acontecido se eu não tivesse voltado atrás. Mas acho que é demais para mim. Digamos que, por enquanto, bastaria ter um dia só meu, sem compromissos nem obrigações. Fazer algo que os outros não esperam, como ficar na cama em vez de me levantar para ir trabalhar ou pegar o carro e dar um passeio no litoral. Sem pensar. Sinto uma vontade louca de ficar toda arrepiada, mas tenho medo das consequências... E pare de rir.

— Rio porque gosto de você e porque você me faz rir.

— Não há muito motivo para rir, mas para chorar.

Àquela altura, era a vez de Carla dizer o que desejava, mas fomos interrompidas por um telefonema. Era Anna, da Argentina, felicíssima. Tinha acabado de dançar com um *tanguero* de 80 anos.

Naquela noite, fui para a cama feliz. Fazia muito tempo que eu não me sentia tão bem.

21 de março

É estranho escrever no diário pela manhã. A verdade é que estou acordada desde as seis. Desci até a cozinha e fiz café. Carla está dormindo. Aqui, tudo é muito calmo, silencioso, e, pela janela, entra uma luz linda. Gosto desta cozinha. Há muitas xícaras e tigelas coloridas. Gosto do quadro pendurado na parede e também do relógio em cima da janela. Ter conversado com Carla me fez bem, me fez pensar muito. Ela é minha melhor amiga desde os tempos da escola, e acho que será para sempre. É uma pessoa fantástica, especial e rara. O que sempre amei nela é sua relação de confiança com o mundo, a vida e as pessoas. Invejo muitas coisas em Carla: sua coragem, sua força, a capacidade de escutar e dizer o que pensa com sinceridade. Também invejo seus dotes culinários e, sobretudo, seu talento ao piano. Eu também tive aulas quando garota, porque ficava encantada quando a via tocar, mas depois parei.

Ontem à noite, quando voltamos para casa, ela tocou um pouco para mim. Carla é uma mulher bonita, embora agora esteja um pouco desleixada, mas, quando toca piano, seu rosto se transforma. Fica ainda mais linda.

Lembro que, uma vez, ela me disse que a música é uma das coisas mais importantes de sua vida, que sempre a ajudou nos momentos difíceis. Transmitindo-lhe força e protegendo-a.

— Do quê? — perguntei.

— Não sei... Mas ela sabe — respondeu Carla.

Hoje de manhã, assim que abri os olhos, mil pensamentos começaram a girar em minha cabeça. Parece que não sou exatamente como digo que sou, como se eu não tivesse coragem de escolher a mim mesma. Às vezes, tenho a sensação de que minhas inseguranças não me permitem escutar a parte mais verdadeira de mim.

No entanto, o primeiro pensamento que tive assim que acordei não foi esse. Meu primeiro pensamento foi ele. A escada que subi pela metade, o café da manhã que tomamos juntos em Londres e o instante em que conversamos no corredor do hotel.

Não pensei em meu marido, mas em outro homem. Isso nunca havia acontecido. Só me pergunto por que esse homem ocupa com tanta frequência meus pensamentos.

Não revivo apenas o que aconteceu, também tenho fantasias. Nunca escrevi isso, porque fico com medo somente de pensar nele me tocando e beijando. Esse homem abala minhas certezas, porque tenho um sentimento indefinido, desconhecido. Antes, enquanto eu preparava a cafeteira, fiquei questionando se eu e Paolo, em algum momento, nos amamos de verdade. Brigamos pouco, nunca tivemos grandes discussões. Paolo não é ciumento, nunca foi, e talvez eu tivesse preferido o contrário. Pelo menos nisso eu teria encontrado um sentimento vivo.

Talvez eu devesse perguntar a mim mesma como *havíamos nos amado.*

É como se, de fato, tivéssemos amado mais uma ideia, um estilo de vida que o outro podia garantir. Talvez tenhamos confundido ternura com amor. Nunca me senti desejada por Paolo, assim como eu também nunca o desejei de verdade. Talvez tenha sido por isso que me casei com ele. Eu podia permanecer sendo quem eu era sem correr o risco de descobrir minhas incapacidades.

Mas o amor e o casamento são assim para todos? É mesmo apenas isso? Às vezes, me parece pouco. Há quanto tempo não nos emocionamos por uma coisa que fizemos juntos? Por que essas perguntas nasceram dentro de mim?

Na verdade, faz muito tempo que elas estão em minha cabeça, mas somente há pouco tempo tive coragem de escrevê-las.

O que realmente me falta?

Naquela manhã, quando Carla acordou, li para ela durante o café da manhã as páginas do diário que eu havia acabado de escrever. Rimos muito de mim.

Eu a olhava e não entendia se ela estava feliz. Eu tinha certeza de que ela ainda estava sofrendo por causa da história com Alberto, mas nunca a via sofrer de verdade. Nesse aspecto, Carla era única. Por isso, naquela manhã, perguntei:

— Carla, você é feliz?

— Sou, sim.

— Tem certeza?

— Eu sei, não sou particularmente eufórica, mas isso é porque tenho uma concepção própria da felicidade.

— E qual seria?

— Ser feliz para mim não significa não sofrer. Em minha felicidade, também há espaço para a melancolia e para as minhas fragilidades.

— Posso dizer o que realmente penso ou você vai ficar ofendida?

— Você *deve* me dizer o que pensa.

— Concordo com o que você diz, mas, às vezes, acho que são apenas teorias para justificar o fato de que, na verdade, você recortou para si mesma um pequeno canto distante do mundo, no qual nada e ninguém podem realmente feri-la — falei, e ela me olhou sem dizer nada, como se eu tivesse acertado na mosca. — Mas isso é apenas o que eu acho, pode ser que eu esteja errada.

Àquela altura, Carla sorriu para mim.

— Você tem razão, eu também sei disso, mas, neste momento, está bom assim. Ainda não estou pronta para me arriscar. Preciso de tempo.

Servi mais chá para ela.

— Decidi que vou fazer algumas mudanças.

— O quê?

— Decidi que preciso me mexer um pouco. Para começar, vou tirar um dia de folga e vou à praia. Depois, virei visitar você com mais frequência e passaremos alguns fins de semana juntas. Também quero me inscrever em um curso de culinária e talvez na academia.

— O que está acontecendo com você?

— Apenas acho que talvez eu fique mais cansada de não fazer nada do que se estivesse fazendo algo. Talvez eu esteja desanimada, porque estou farta das batalhas que não travo. Certamente, desperdiço muitas energias para suportar o que não me agrada e me obrigar a pensar em outra coisa.

— Você está me deixando com vontade de fazer o mesmo...

— Também fiquei pensando sobre o que conversamos ontem a respeito dos erros e entendi que você tem razão. Como era a frase?

— O espaço de um erro é um espaço de crescimento.

— Isso mesmo: se eu cometer um erro, quer dizer que vou crescer...

— Elena, você está me deixando com medo... O que você bebeu hoje de manhã?

Passei aquela manhã toda com uma euforia estranha. Não sabia o que havia dado em mim.

Eu não queria voltar para Milão no dia seguinte, estava bem na companhia de Carla.

No dia seguinte, ao voltar para casa, mandei uma mensagem para ele: "Desculpe mais uma vez pelo outro dia. Não houve nenhum telefonema urgente. Simplesmente, não consegui, não fui capaz. Espero que você consiga me perdoar. Elena."

Ele me respondeu logo: "Agora, você sabe onde eu moro. Se um dia você achar que pode, me ligue."

"Amanhã à tarde, vou sair mais cedo do escritório. Se você quiser tomar café... vai ser um prazer."

Esperei um pouco para enviar essa mensagem. E quando o fiz, fiquei com vergonha. Achei que havia sido descarada.

"Amanhã à tarde, só posso depois das quatro."

"Quando eu sair do escritório, ligo."

22 de março

Cheguei em casa há pouco e estou morta de cansaço. Tomei um banho e não vejo a hora de ir para a cama. Paolo foi me pegar na estação e, assim que me viu, perguntou como havia sido o fim de semana e como Carla estava.

Eu não estava com vontade de falar. Quando entrei no carro, ele beijou minha boca. Ele nunca faz isso, então, fiquei preocupada. Até perguntei, talvez por um sentimento de culpa, por que aquele beijo. E ele:

— Como assim "por quê"? Porque você é minha mulher!

Acho que não vou conseguir dormir logo. Estou agitada. No fundo, é apenas um café, mas sei muito bem que o problema não é o café.

23 de março

Estou sentada à frente desta página em branco, tentando reordenar as lembranças e emoções. Para mim, é muito difícil escrever o que aconteceu hoje à tarde...

Ler agora, após tanto tempo, o que escrevi naquele dia me faz reviver as mesmas emoções.

Quando entrei no edifício naquela tarde, ele estava me esperando na frente do elevador com a porta aberta.

— Prefiro subir a pé, o elevador me deixa um pouco inquieta...

— Ao que parece, a escada também não é brincadeira, se pensarmos na última vez em que você veio aqui.

Abri um meio sorriso.

— Vamos, entre. Desci de propósito. Comigo, nada vai acontecer com você. Mandei o técnico inspecionar hoje de manhã.

Sorri.

Confiei nele e entrei.

— Como você está? — perguntou ele.

— Bem.

— Você está linda.

— Na verdade, hoje estou me achando um monstro, mas obrigada.

Eu tinha medo de que ele ouvisse meu coração batendo. Naquele momento, senti que, se ele tivesse me empurrado contra a parede e me beijado, eu não teria oferecido resistência. Eu não conseguia olhá-lo nem falar. As portas do elevador se abriram, e ele esperou que eu saísse.

— Segunda porta à direita.

Saí andando e, de repente, senti as mãos dele em meus quadris. Ele me puxou em sua direção. Nossos corpos mal se tocavam. Senti seu calor e sua respiração em meu pescoço. Ele me virou e, sem falar, olhou fundo em meus olhos. Afastou meus cabelos do rosto, como havia feito no corredor do hotel, em Londres. Sem desviar o olhar do meu, me empurrou delicadamente contra a parede e me beijou.

Não foi impetuoso. Foi muito doce. Logo percebi que era inútil oferecer qualquer tipo de resistência, era tarde demais. Eu sempre havia travado uma batalha que, no fundo, nunca quis realmente vencer. Também o beijei. Tinha lábios macios e seus beijos, um sabor gostoso. Senti sua mão subir por minhas coxas, tocando-me onde nenhum homem encostava havia meses, onde, fora meu marido, ninguém me tocava havia anos. Minhas pernas tremiam. Ele era delicado e, ao mesmo tempo, forte, decidido.

Minha respiração foi ficando curta. Pela primeira vez, quis ser egoísta e não pensei em mais nada. Quis me abandonar àquelas sensações, porque me agradavam e me faziam sentir bem, sem me preocupar com as consequências. Havia muito tempo que eu não sentia um prazer tão intenso. Aliás, eu nunca havia sentido um prazer como aquele e cedi, me entreguei. Naquela tarde, desmoronaram todas as barreiras que eu construíra com tanta dedicação em redor de mim mesma. Tive a sensação de que todos os elásticos que me prendiam tinham começado a se romper, um a um. Eu estava leve, minha respiração vinha de um lugar cada vez mais profundo, das vísceras, do estômago, da alma. Minha respiração e a dele, juntas. Eu estava me deixando levar por um desconhecido.

Em um instante, ele eliminou minhas razões, minhas certezas, minhas convicções. Levantou-me, e fomos para a entrada de seu apartamento, onde me empurrou contra a porta e entramos, eu agarrada a ele, com os pés que não tocavam o chão. Ele me empurrou novamente contra a parede, daquela vez com força. Sua mão atrás de meu pescoço apertava minha cabeça contra a dele. Seus lábios contra os meus.

Deitou-me sobre uma mesa. Levantou minha saia. Senti seus lábios e sua língua me beijando. Eu estava sem graça por ele estar tão próximo à minha parte mais íntima, pelo que tentei puxá-lo em direção a meu rosto, para beijá-lo na boca. Meus olhos estavam fechados, e o ouvi desafivelar o cinto. Ele me puxou em sua direção e levantou minhas pernas. Pensei que fosse abri-las, mas fechou-as, apertando uma contra a outra. Penetrou-me. Abri os olhos e vi seu olhar fixo no meu. Aquele olhar que fez com que eu me sentisse nua desde a primeira vez. Despida por dentro. Eu sentia como se tudo estivesse amplificado. Cada pequeno movimento. Eu já sabia que não atingiria o orgasmo e comecei a pensar que o decepcionaria por isso. Enquanto eu pensava essas coisas, a certa altura, inesperadamente, senti-me arrebatada por um calor intenso e de minha boca saiu um grito profundo, como se eu o estivesse guardando desde sempre, e gozei.

Ele ficou dentro de mim, imóvel. Depois de um instante, saiu, e senti seu calor líquido sobre minha barriga e meu seio.

Aquela foi nossa primeira vez.

24 de março

Hoje, o dia não foi bom. Ontem, depois que saí do apartamento dele, meu corpo foi percorrido por vibrações contínuas. Parecia que eu estava em uma bolha, desconectada da realidade. Eu mal tocava o mundo com a ponta dos pés e procurava algo cotidiano, normal e costumeiro para poder mantê-los no chão. Agarrava-me a gestos e ações conhecidos. Mas aquela sensação durou pouco. Quanto mais passava o tempo, quanto mais passavam as horas, mais eu me sentia estranha. O fato de eu ter me sentido bem fazia com que eu me sentisse culpada. À noite, na cama, eu não encontrava sossego. Compreendi que não sou capaz de administrar uma situação desse tipo, não sou eu, não sou o tipo de mulher que pode ter encontros clandestinos. O que aconteceu será para sempre segredo e tenho certeza de que não acontecerá mais, porque eu não quero que aconteça. A ansiedade e o incômodo que estou sentindo não valem o prazer daquele encontro. Se eu falasse com ele, se o ouvisse, talvez me sentisse aliviada, mas ele sumiu. Nem sequer uma mensagem, nem sequer um telefonema.

Saí de seu apartamento sem que ele me dissesse se íamos nos ver novamente. Talvez tenha sido só aquela vez, nada mais. Melhor assim. Mas senti-me muito bem ontem em seus braços. Como é possível que algo tão bonito traga consigo esta dúvida?

Naquele momento de minha vida, eu era ainda uma mulher que precisava saber como o outro encarava aquilo que tínhamos feito juntos para poder dar valor àquela situação. Aos meus olhos, o fato de ele não ter mais ligado tornava nosso encontro menos especial, como se o futuro pudesse eliminar ou acrescentar algo ao que havíamos vivido. Demorei anos para aprender a reconhecer o valor de um encontro no próprio momento em que o estou vivendo, e não a partir do que acontece no dia seguinte.

A despeito de todos os meus pensamentos e medos, ele me ligou no dia seguinte:

— Queria dizer que me senti tão bem que ainda não parei de sorrir. Quando você volta?

— Não sei, estou confusa. Não esperava sentir o que senti.

— Tudo bem, mas, se decidir não voltar, vou buscar você.

Depois daquele telefonema, logo percebi que eu não estava mais me sentindo mal. Todo o peso havia desaparecido. Àquela altura, eu já estava perdida.

27 de março

Hoje, quando fui à casa dele, não peguei o elevador. Além do meu medo habitual, eu precisava andar um pouco. Quando passei na frente do porteiro, fingi que estava falando ao telefone, porque sentia vergonha do que estava fazendo. Também fiquei com medo de que, no prédio, morasse algum conhecido meu ou de Paolo. Na frente da porta do homem, aguardei um segundo. Eu esperava que o coração parasse de bater tão forte. Perguntei-me o que eu estava fazendo diante da porta de um desconhecido. Eu havia passado os últimos dias repetindo que não deveria revê-lo, que um comportamento desse tipo não tem a ver comigo. Eu estava consciente de que o risco era alto, não apenas porque eu podia ser descoberta, mas por haver algo mais forte, que me atraía e havia me levado até ali. Enquanto eu pensava em tudo isso, ele abriu a porta sorrindo.

Eu estava mais constrangida do que da primeira vez. Sem dizer nada, ele me abraçou. Reconheci imediatamente seu cheiro. Relaxei e tive uma sensação de bem-estar. Ficamos alguns minutos sem dizer nada. Fazia muito tempo que um homem não me abraçava com tanta força e por tanto tempo. Apoiou os lábios em minha testa e me deu pequenos beijos. Depois, passou para a cabeça, as bochechas e, por fim, a boca. A agitação havia ido embora completamente.

Fomos até a cozinha, ele encheu duas taças com vinho tinto e fizemos um brinde. Nos beijamos novamente, devagar. Ele me levantou e me apoiou sobre o fogão, perto da pia. Eu estava sentada com a taça de vinho na mão e com os pés sem tocar no chão; sentia-me como uma menina. Ele mantinha os olhos fixos nos meus enquanto soltava um a um os botões de minha camisa até abri-la por completo. Enfiou a mão em minhas costas e, com um único gesto, desatou o fecho de meu sutiã. Beijou meus seios e me deu uma mordidinha nos mamilos. Pegou minha taça de vinho e a apoiou sobre a mesa. Começou a me beijar na boca enquanto me tocava e, com delicadeza, me penetrava. Depois, tirou os dedos e os pôs em minha boca. Aquele era meu sabor. Ele deu um passo para trás, desafivelou o cinto, tirou a calça e a camisa até se despir completamente. Deitou-me de lado. Aproximou-se, e seu sexo ficou a poucos centímetros da minha boca. Pegou meus cabelos e me puxou para si.

Seu sabor era bom. Parece que o estou sentindo ainda agora, enquanto escrevo. Eu estava com medo de não ser capaz, de não conseguir fazer aquilo, de não saber como ele gostava. Estava insegura. Como um socorro para minhas dúvidas, suas mãos me guiavam. Davam-me o ritmo certo. Minha respiração aumentava de intensidade tal qual meu desejo. Ele continuava a me tocar com delicadeza, e achei que eu poderia atingir o orgasmo em poucos segundos. Ele percebeu e desacelerou. Pediu para que eu esperasse um pouco mais. Senti um arrepio. Ele me tomou nos braços e me levou para a cama. Transamos por um tempo infinito. Ainda ouço em minha mente as palavras doces que ele sussurrava durante o ato. Nenhum homem jamais me disse palavras assim. Senti-me amada.

Gozei por tudo: por meu corpo, pelo corpo dele, seus olhos, suas mãos, sua boca. Eu estava livre para viver plenamente a emoção, para desligar a cabeça e seguir meu corpo.

Depois do sexo, levantei da cama e fui até a cozinha pegar água. Senti os olhos dele em cima de mim e percebi que não estava mais acostumada. Com Paolo, sinto-me invisível há anos.

31 de março

Hoje, ele pediu que eu fosse à sua casa durante o horário de almoço. Saí dez minutos mais cedo. Estacionei perto de seu prédio e caminhei rapidamente até o portão. Não fiz isso porque estava com medo de ser vista, mas porque não queria dar tempo demais àquela parte racional que me repete para não ir até lá.

Hoje, a porta do apartamento estava encostada, empurrei-a para entrar. Pedi licença, e ninguém respondeu. Estava tudo escuro, exceto por uma vela sobre a mesinha do corredor. Senti a tentação de ir embora. Depois, o chamei. Silêncio.

Em nossos encontros, sempre tenho a sensação de que as palavras destoam. Sobretudo as minhas.

Fiquei imóvel por alguns segundos. Esperei para ver o que ia acontecer, estava com medo de errar, de fazer algo inadequado. Há sempre algo inapropriado em se ter boas maneiras nesses momentos.

Meus olhos estavam se acostumando à escuridão. Da sala ao fundo do corredor, saía uma luz difusa. Avancei alguns passos e vi que, ao lado da vela no corredor, havia um bilhete: "Não fale, não me procure, faça somente o que eu disser. Tire a roupa e deixe-a no chão. Fique calçada e vá até o quarto onde há uma vela acesa. Estou vendo você."

Ainda ouço o som de meus passos no corredor. Enquanto caminhava, ia pensando nas últimas palavras do bilhete: "Estou vendo você."

Eu estava com vergonha de me despir e fiquei ali, imóvel, por algum tempo, tentando criar coragem. Eu sabia que era a última oportunidade para escapar, voltar atrás e abrir mão de tudo.

Decidi tirar a roupa. Percebi que me excitava a ideia de ele estar escondido em algum lugar, me observando. Eu o imaginava nu, me olhando. A calcinha escorregou por minhas pernas e caiu no chão. Deixei-a para trás e fui em direção ao quarto. Vi meu reflexo no espelho do corredor e, ali, na penumbra, descobri que gostava de meu corpo nu e não sentia mais vergonha alguma. Entrei e, sobre a mesa, havia uma vela, uma combinação de seda preta, uma venda da mesma cor e um bilhete: "Vista-a, vende os olhos, curve-se para a frente. Não fale. Toque seu corpo como se eu estivesse presente. No momento certo, quando você estiver pronta, irei até você."

Fiz o que ele me pedia. Submeti-me à sua vontade. Curvei-me para a frente, apoiando um lado do rosto sobre a mesa. Estava fria. Deslizei a mão por debaixo da barriga e comecei a me tocar.

Tudo estava silencioso, eu continuava a sentir os olhos dele sobre meu corpo, e isso me excitava mais do que meus próprios dedos. Concentrei-me em qualquer pequeno ruído, queria perceber quando ele se aproximasse. Depois de alguns minutos, ouvi o parquê estalar. Ele estava chegando, e eu o esperava. Desejava seu corpo, suas mãos, seus lábios. Em alguns instantes, senti sua respiração, depois sua boca. Ele me beijava, lambia minhas pernas. Suas mãos deslizavam pela combinação, eu as sentia nas nádegas e nas costas. Eu continuava a me tocar, depois, entendi que estava prestes a explodir e parei. Não queria gozar logo. Tirei a mão e estendi o braço para a frente.

— Continue, não pare — sussurrou ele no meu ouvido.

Sua voz quente tocava uma parte profunda de mim que nem sequer meus dedos podiam alcançar. Recomecei a me tocar. Ele pôs uma das mãos sobre a minha e continuamos juntos.

— Você quer? — perguntou ele.

Não respondi, estava envergonhada.

Ele roçou seu sexo no meu.

— Diga para mim que você quer.

Concordei com a cabeça e soltei um leve gemido.

— Não ouvi direito — disse ele.

— Quero...

Achei que não conseguiria, mas disse: “Quero...”

Eu estava enlouquecendo e o desejava, mas só consegui emitir um tênue “quero”. Ele me penetrou até o fundo. Apertava meus quadris, e eu sentia sua respiração, seus gemidos e sua vontade se intensificando. Eu estava completamente em suas mãos. Sem sair de dentro de mim, ele me virou de barriga para cima. Eu não o via, ainda estava vendada, mas o sentia cada vez mais forte. Gozei, nem sei quantas vezes. Eu, que até aquele momento, achava que não fosse possível.

Em certo momento, ele levantou a combinação até descobrir meus seios, segurou um deles e o apertou com força. De repente, saiu de dentro de mim, e senti seu prazer sobre minha barriga. Ele se largou sobre mim. Sua respiração lentamente se acalmou. Depois de ficarmos quase um minuto em silêncio, ele se levantou, suspendeu minha cabeça e beijou meus lábios.

— Fique assim, não se mexa... E não tire ainda a venda — sussurrou ele e se afastou.

Quando voltou, começou a me limpar com algo quente e molhado. Aquele calor úmido era uma delícia. Seus movimentos eram delicados. Ele estava cuidando de mim. Cobriu-me de beijos e, depois, pôs-me sentada em uma cadeira. Eu ainda estava vendada. Pediu que eu não me mexesse. Ouvi o barulho de uma caneta que escrevia e, depois, de uma folha que era arrancada.

— Está na hora de pôr as roupas novamente — disse.

Ele havia acabado de me lavar com um pano quente, me beijar, me acariciar e estava me vestindo. Com uma delicadeza comovente. Nenhum homem jamais havia feito aquilo comigo, nenhum homem jamais havia me vestido depois de adulta. Eu me sentia protegida e amada. Com ele, eu voltava a ser criança em um segundo.

Levantou-me para acabar de me vestir, pôs uma das mãos atrás da minha nuca e tirou meus cabelos de dentro da camisa. Beijou-me na boca e me acompanhou até a porta, abriu-a dizendo para eu continuar com os olhos fechados, depois, tirou a venda. Eu não entendia o que ele queria fazer. Saímos do apartamento, ele pôs um bilhete em minha mão e disse:

— Conte até dez, depois, abra os olhos.

Fechou a porta. Contei até dez e abri os olhos. A luz me incomodava. Eu estava sozinha diante da porta do apartamento dele. Virei-me e ele não estava mais lá. Li o bilhete: "Será que realmente aconteceu ou você ainda deve entrar?"

Eu estava tonta. Queria bater à porta para dar, pelo menos, um beijo olhando em seus olhos, mas entendi o jogo.

No carro, perguntei a mim mesma se aquilo realmente tinha acontecido. Tudo aquilo que vivi só podia ser imaginação.

Li novamente o bilhete: "Será que realmente aconteceu ou você ainda deve entrar?"

Queria que as duas respostas fossem verdadeiras.

1º de abril

No entanto, é tudo tão novo. É como se eu estivesse esperando por isso havia muito tempo. Eu sempre esperei um homem assim, uma paixão assim.

Às vezes, enquanto vou à casa dele, o desejo que sinto cresce tanto a cada passo que, quando chego à sua porta, já estou molhada. Também acontece durante o dia, quando penso nele. Nunca fui assim. Às vezes, com Paolo, até doía, porque eu não ficava excitada. Cheguei a pensar que eu tinha problemas, a ponto de superar a vergonha e pedir à minha ginecologista um lubrificante. Ela me respondeu que eu não tinha nenhuma disfunção, mas, mesmo assim, me receitou um creme.

Com esse homem, não me reconheço. Sou outra mulher, uma que está começando a me agradar.

Não tenho medo de nada nos seus braços. Sinto-me protegida do mundo e acho que nada de ruim pode me acontecer. Não importa se é verdade ou não. A sensação que tenho é essa e me agrada. Talvez eu me sentisse assim quando criança, nos braços de meu pai.

3 de abril

Hoje, fiquei com vontade de brincar com ele. Não podia esperar. Mandei uma mensagem, e nos organizamos para nos encontrarmos antes do jantar, por volta das sete e meia. Quando cheguei à casa, dele, nem me deu o tempo de entrar. Depois de um segundo, sua boca e suas mãos estavam por toda parte. Gosto de sentir que ele está excitado, saber que, dali a pouco, ele será meu.

Tentei imaginar como seria aquela vez. Com ele, já vi que nunca posso intuir. Nunca sei aonde ele vai me levar.

Ele me pediu para sentar sobre a mesa. Beijou-me e tirou minha roupa. Quando eu estava completamente nua, fez com que eu me deitasse no centro. Abriu uma gaveta e pegou fitas pretas. Amarrou um de meus pulsos, depois o outro e, depois, os tornozelos. Atou as quatro extremidades das fitas às pernas da mesa. Eu nunca havia sido amarrada. Estava com medo, mas também excitada e curiosa. Depois, em pé a meu lado, ele serviu uma taça de vinho. Tomou um gole e o passou de sua boca para mim em pequenas gotas. Apoiou a taça e se dedicou a mim. Começou a fazer algo que adoro: percorreu todo o meu corpo com a mão sem me tocar. Eu só sentia o calor sobre a pele. Gostei daquela carícia invisível e fiquei excitada, esperando o que aconteceria. Ele pegou uma pena e começou a me fazer cócegas, passando-a sobre minhas pernas, barriga, pescoço e seios. Era gostoso. Ele olhava para mim e me tocava levemente. A brincadeira durou alguns minutos, até que ele começou a fazer a mesma coisa com os dedos. Fazia cócegas. Eu ria, não conseguia parar. Procurava me conter, porque sentia vergonha de me entregar. Eu estava nua, amarrada e imobilizada na frente dele e sentia vergonha de rir. Havia perdido o controle, e isso me deixava constrangida, pouco à vontade, mais do que minha nudez.

Mas ele não parava, e eu não sabia mais como frear aquelas risadas cada vez mais descontroladas. Com os dedos, ele tocou meus flancos, subiu dos quadris até as axilas, passando para as pernas. Quando começou na sola dos pés, tive um sobressalto. Eu não aguentava mais e explodi. Ria de maneira irrefreável, tentando me libertar e agitando braços e pernas o pouco que era possível. Os pulmões inchados se esvaziavam em risadas, e eu gritava sem controle algum. Ele começou a fazer pressão com os dedos nas axilas. Eu já estava sem fôlego, porque não conseguia parar de rir. Achei que fosse morrer.

De repente, ele parou. Recuperei um pouco o fôlego para suplicar que ele parasse com aquilo. Enquanto eu suplicava, ele recomeçou. Quando eu chegava a ponto de parecer que ia sufocar, ele parava. Pegava mais vinho e o passava novamente para a minha boca. Eu estava elétrica, como depois de uma longa corrida. Sentia-me acesa, como se todas as minhas células tivessem despertado. Estava lúcida, acordada, cheia de força. Bebi o vinho. Ele recomeçou a fazer cócegas embaixo de meus braços. Eu não podia dizer para ele parar, porque estava rindo tanto a ponto de não conseguir falar. Em um dado momento, ele parou de me fazer cócegas e começou a apenas simular. Eu ria de igual maneira. Já havia perdido qualquer controle sobre minhas reações.

Não sei por quanto tempo ficamos assim. Eu estava tonta, exausta. Toda vez que ele parava, eu era arrebatada por uma sensação de bem-estar. Eu arfava, tomava fôlego e me sentia estranhamente feliz, como se estivesse embriagada. A essa altura, ele começou a tocar meu clitóris com um dedo. Em poucos segundos, comecei a tremer cada vez mais forte e explodi em um orgasmo fortíssimo e intenso. Durou uma eternidade. Nem entendi se foi mais de um ou se era sempre o mesmo que nunca acabava.

Fiquei imóvel sobre a mesa, com os olhos fechados, seguindo o prazer até onde conseguia. Senti que ele estava me desamarrando. Fiquei na mesma posição, não conseguia me mexer. Ele me tomou em seus braços e me levou para a cama. Ficamos embaixo das cobertas, abraçados. Ele me dava beijos na testa, nos olhos e me acariciava. Eu estava esgotada, transtornada pela sensação de liberdade.

Ainda agora, enquanto escrevo, sinto o eco dos arrepios e daquela eletricidade.

Minha vida estava abrindo espaço para o imprevisto. Eu não estava mais obcecada pela necessidade de manter tudo sob controle. No início, isso até me causou algumas pequenas desventuras: explodi uma cafeteira porque esqueci de pôr água, perdi o celular da empresa duas vezes em um mês e, se não fosse Paolo, eu teria ficado fora de casa, porque minhas chaves caíram em um bueiro. Agora, sorrio ao rever essas minhas pequenas mudanças entrarem em ação.

Uma tarde, enquanto estava indo fazer compras, ouvi meu nome sendo chamado. Virei o corpo e, em um banco, vi o irmão de Paolo. Fui até ele.

— Aonde você vai com tanta pressa? — perguntou.

— Estou indo fazer compras, mas não estou com pressa.

— Sente-se, me faça um pouco de companhia.

Sentei-me.

— E você, o que está fazendo sozinho aqui em uma tarde de sábado?

— Nada, estou olhando à minha volta e pensando.

Deu um longo trago e percebi que não era um cigarro comum.

— Quer? — perguntou, esticando-o para mim.

— Não, obrigada.

— Vamos, um tapinha.

— Eu posso morrer.

— Não fiz muito forte.

Peguei o cigarro e dei um rápido trago.

— Mais um, você não vai morrer por isso. A alguém como você, uns tapinhas só podem fazer bem.

Dei mais um trago.

— Você mudou alguma coisa? Parece mais bonita.

— Obrigada, mas acho que continuo igual.

Ele sorriu.

— Não se preocupe, não vou perguntar por quê.

Senti um calor no rosto, mas logo mudei de assunto.

— Como vai sua mãe?

— Como sempre... Olhando para o passado. E meu irmão, com aquela alegria toda? Do que ele anda reclamando ultimamente?

— Ele está bem.

— Às vezes, me arrependo de ter dito que ele não devia deixar você fugir. Eu não deveria ter tido tanto ódio de você.

— Dessa eu não sabia.

— Infelizmente é verdade. Quando vejo você, me sinto culpado.

— Mas eu vivo bem com seu irmão.

— Está bem...

— Você não acredita?

— Sempre me perguntei por que uma mulher como você fica com um homem como meu irmão.

— O que você quer dizer com "uma mulher como você"? Por quê? Como eu sou?

Ele me olhou de uma maneira que, se não fosse o irmão de meu marido, eu acharia que estava flertando comigo. Não sei se foram os dois tapinhas de maconha, mas, pela primeira vez, percebi que Simone era um homem fascinante.

— Você não acredita mesmo que é possível viver bem ao lado de outra pessoa, não é?

Ele fez uma expressão que não consegui decifrar.

— Você nunca sente vontade de ficar de verdade com uma mulher? — perguntei, para mudar de assunto.

— Por enquanto, não.

— Mas o sexo sem um relacionamento não cansa depois de um certo tempo?

— É sempre melhor do que um relacionamento sem sexo.

Sorriu da própria piada e deu outro trago. Depois acrescentou:

— A verdade é que estou de saco cheio de todas as mulheres que tentam me mudar, porque querem que eu seja igual à ideia de homem que elas têm na cabeça.

— Mudar não significa piorar.

— Mas eu nunca senti necessidade de mudá-las. Gosto delas como são.

— Claro, do jeito que você vive seus relacionamentos...

— O que você quer dizer com isso?

— Você não sente necessidade de mudar a outra pessoa não porque a respeita, mas pelo mesmo motivo que ninguém quer pintar novamente ou mudar a decoração de um quarto de hotel. Você não vive ali. Depois de alguns dias, você volta para casa.

Ele me encarou com um olhar de rendição.

— Xeque-mate. Viu como é bom fumar? Você nunca esteve tão sagaz.

Começamos a rir. Eu estava um pouco tonta. Antes de me levantar para ir embora, olhei para ele em silêncio durante um segundo.

— Não se preocupe, não vou contar a Paolo que você fumou.

7 de abril

Ontem à noite, após escrever no diário, fui para a cama e, antes de pegar no sono, chorei. Não sei exatamente por quê. Ultimamente, choro com frequência e fico procurando o motivo. Paolo não percebeu nada. Algo que aprendi nesses anos de casamento é a chorar em silêncio, de costas para ele, imóvel no escuro, deitada de lado, tentando encontrar um nome para aquele mal-estar, para aquelas lágrimas que eu não conseguia conter.

Hoje de manhã, acordei feliz. Talvez porque devesse ir logo encontrá-lo. Ele estava me esperando em casa antes do trabalho. Na hora do almoço, ele pegaria um avião e ficaria alguns dias fora. Liguei para o escritório e disse que me atrasaria.

A porta do apartamento estava aberta e, do corredor, era possível ver a luz difusa do quarto. Aprendi a não falar, a não dizer seu nome. Ele estava na cama, dormindo ou fingindo dormir. Em silêncio, tirei a roupa e entrei debaixo das cobertas, no pé da cama. Estava quente. Eu não queria tocá-lo imediatamente, porque estava com as mãos frias. Quando entro naquela casa, sinto um calor que sobe por todo o meu corpo, mas minhas mãos ficam sempre geladas. E ele muitas vezes nem me dá tempo para aquecê-las. Pus-me a beijá-lo, começando pelos pés, depois subindo pelas pernas, os joelhos e as coxas. Ele estava nu. Amo sua pele. Gosto de beijar seu corpo em certos pontos e sentir repentinas descargas, seus músculos se contraindo com meu toque. Sua reação faz com que eu me sinta poderosa. Quanto mais subo, mais seu cheiro me inebria. Enfio o nariz nas dobras do seu corpo. Encho as narinas e os pulmões com o perfume dele. Sempre sinto uma pequena vertigem quando o cheiro.

Ele ainda não estava pronto para transar. Eu me mexia lentamente, beijava-o com doçura, até que senti suas mãos em minha cabeça. Minha vontade era irrefreável. Pela primeira vez, deixei que ele me penetrasse sem preservativo. Hoje, eu estava com vontade de senti-lo assim.

Transamos. Algo que eu não fazia pela manhã havia anos. Ficamos abraçados em silêncio por alguns minutos embaixo das cobertas. Eu estava feliz. Depois, tomamos café juntos, despedi-me e fui para o trabalho.

Hoje, já estou com saudade. Às vezes, sinto sua falta quando ainda estou com ele. É estranho, eu sei, mas até se estamos abraçados sinto uma leve nostalgia de nós dois. Durante alguns dias, vou ter que ficar sem ele e sem a mulher que sou com ele.

Aquele foi nosso primeiro afastamento. Na tarde seguinte, por volta das cinco horas, enquanto eu verificava alguns documentos no escritório, recebi uma mensagem dele: "O que você está fazendo?"

"Trabalhos chatos. Verificando documentos. E você?"

"Pensando em você."

"Não está trabalhando?"

"Trabalhando e pensando em você. Imagens de nós dois me vêm à mente. Você me distrai. Gostaria que estivéssemos em minha casa."

"Eu também."

"Quer brincar um pouco?"

"Quero."

"Vá ao banheiro, tire uma foto e mande para mim."

"Que tipo de foto?"

A essa pergunta ele não respondeu. A troca de mensagens havia me excitado. Fui ao banheiro, desabotoei a blusa e tirei uma foto de meu seio. Não gostei, tirei outra. Na quarta, finalmente fiquei satisfeita e a enviei. Fiquei esperando uma resposta, que não tardou a chegar.

"Bonita... Outra."

Sorri. Eu estava me divertindo. Não sabia como tirar aquelas fotos. Abaixei a saia, enfiei uma das mãos na calcinha e tirei uma foto da imagem refletida no espelho.

"Estou enlouquecendo... Não pare."

Fiquei de costas para o espelho, abaixei a calcinha até os joelhos e tirei uma foto de minha bunda. Ele me pediu outras fotos. Fazia com que eu brincasse e me divertia. Fiquei surpresa ao me ver envolvida em coisas tão distantes de mim enquanto, sobre a escrivaninha, me esperavam documentos e decisões importantes. Dei vazão à criatividade. No banheiro do escritório. Enquanto os outros na sala ao lado estavam trabalhando, eu estava tirando fotos eróticas de mim mesma.

Ele escreveu: "Não foi uma boa ideia. Agora estou com mais vontade que antes. Você é linda. Queria que você visse o efeito de suas fotos."

"Mande uma foto sua", respondi.

Ele me enviou uma foto de sua mão: nenhuma imagem teria me excitado mais. Depois, outra mensagem: "Totalmente ensandecido. Não consigo esperar todos esses dias. Amanhã pego um avião, vá à minha casa, por favor."

Trocou o voo por minha causa, e eu estava pronta para inventar uma desculpa qualquer para Paolo. Na noite seguinte, quando ele saltou do táxi, eu já estava estacionada embaixo de sua casa.

10 de abril

Paolo nunca se enfiou embaixo das cobertas para me dar prazer com a boca. Talvez umas duas vezes desde que nos casamos, nunca nos últimos anos. Ainda lembro que meu segundo namorado gostava muito, e eu adorava. Paolo não quer nem que eu faça nele. Quando tento, depois de alguns minutos ele me afasta. Sempre pensei que a culpa fosse minha, que eu não fosse especialmente talentosa.

Com ele, por outro lado, aprendi, porque senti que podia me soltar. Com Paolo, nunca consegui me entregar. No entanto, ele é meu marido. Talvez, ao transar com uma pessoa que não é livre, você também não consiga ser. E nós não somos livres.

Com ele, é tudo diferente, novo, até mesmo divertido. Muitas vezes, na cama, rimos enquanto transamos. Além disso, posso tomar a iniciativa. Quando, no início do casamento, eu tentava, Paolo se retraía, não gostava de que eu fosse tão agressiva. Uma vez, me disse abertamente que eu o punha em dificuldade, que certas coisas que eu dizia o constrangiam e que, com as esposas, certas coisas não se fazem. Aquela resposta me surpreendeu tanto que perguntei com quem tais coisas deveriam ser feitas, se não com a própria mulher. Ele respondeu convicto:

— Com as outras, antes do casamento.

Àquela altura, eu disse que não era nem sua mãe nem a Virgem Maria.

Já ele sabe como amar uma mulher. Descobri que meu prazer o satisfaz, por isso não me seguro mais. Agora sei que gozo por mim e também por ele. Meu prazer é a moeda mais preciosa, a moeda que só tem valor se é gasta. Parece que ele sempre sabe quais são as coisas de que gosto. Nunca se dá por satisfeito, e isso me fascina. Sinto que seu interesse é autêntico. Ele olha dentro de mim, me vê e garante plenamente que fui escolhida. Acho que meu prazer com ele é tão intenso e profundo porque, pela primeira vez, meu corpo entre suas mãos é um corpo ouvido. Ele me domina e, ao mesmo tempo, me eleva a uma sensação mais intensa. Por isso, sinto-me tão forte quanto ele. Enquanto transamos, somos uma coisa só, e nunca me senti passiva, embora perceba que sou subjugada por algo forte. Aprendi que isso faz parte de uma brincadeira que eu também conduzo. Minha submissão é uma dádiva, uma oferta, não uma derrota. Transar com ele significa fazer uma misteriosa viagem. Ele me olha, me arrasta, me leva para lugares que não conheço e nos quais nunca estive.

Às vezes, depois de ter estado na casa dele, ainda ouço suas palavras em meus ouvidos, sinto sua respiração, suas mãos entre minhas pernas. Tenho a sensação de ainda tê-lo dentro de mim. Sinto-o fisicamente por toda parte. Já me aconteceu de, no carro, voltando para casa, ter sentido uma vontade irrefreável de me tocar assim que chegasse.

Voltei a usar a banheira em vez do chuveiro. À noite, volto para casa, preparo o banho, fecho a porta, acendo algumas velas e ali, sozinha, começo a proporcionar prazer a mim mesma. Um dos outros presentes dele. Descobri que meu clitóris pode me dar um prazer intenso e contínuo. Sempre me senti ridícula e triste ao fazer isso, sempre fiquei constrangida, embora estivesse sozinha. Nem transando com Paolo, eu me masturbei. Só aconteceu uma vez, no início de nossa relação. Senti uma vontade fortíssima de me tocar e dei vazão àquele impulso, entreguei-me. Antes não tivesse feito aquilo! Paolo ficou mal, interpretou aquele gesto como se ele precisasse de minha ajuda para me satisfazer. Nunca mais repeti.

Com ele, é diferente. Muitas vezes, é ele quem pede para que eu me toque. Quando estou sozinha, penso em imagens de nós dois.

Fecho os olhos, e tudo está ali comigo. Há algo de sensual e erótico em cada atitude sua. Quando toma vinho, come, fala, me olha. É como estar sempre transando. Existe até algo de espiritual em transar com ele. Esse homem me faz viver exatamente como quero. Pela primeira vez, estou por inteiro como quero estar.

Parece que tomei uma decisão que me aproxima de uma parte profunda e verdadeira de mim mesma.

Sempre achei que essas emoções estivessem reservadas a mulheres mais fortes, corajosas e inconsequentes. Agora, sou todas essas mulheres.

Só me pergunto por que o desejo chegou tão tarde na minha vida.

Aquela situação quase me dava medo: eu estava bem como nunca antes em minha vida. Sentia-me viva. Tinha atravessado uma porta e não era fácil voltar atrás.

Ficava surpresa por não me sentir culpada em relação a Paolo. As poucas vezes em que isso acontecia, nunca era quando eu voltava para casa depois de ter transado, mas sim quando Paolo era gentil comigo ou eu o via tranquilo em frente à televisão e pensava que o estava enganando e que ele não merecia aquilo.

Acho que eu não me sentia culpada, porque, ao entrar no apartamento daquele homem e fechar a porta, todo o resto ficava lá fora. Ali, só entrava aquela parte de mim que não tinha relações nem vínculos. Eu era outra pessoa, outra mulher. Ao entrar naquele apartamento, eu saía de minha vida. Às vezes, eu gostava de não ser vista a fundo nem mesmo por ele, de conservar um canto só meu. Ele não era meu amante, não era um amigo e tampouco um confidente. Era meu cúmplice, meu companheiro de brincadeiras secretas.

Eu ficava me perguntando por quanto tempo aquela brincadeira duraria e aonde poderia me levar.

Toda mulher deveria encontrar um homem que pega sua mão e a guia rumo à própria intimidade. Um homem capaz de, com um único abraço, restituir-lhe uma vida inteira.

13 de abril

Com ele, às vezes me sinto desengonçada. Gostaria de ser mais desenvolta, mas tenho medo de não conseguir sustentar seus pedidos como no início eu não conseguia sustentar seu olhar. Sexualmente, nunca me senti à altura, mas ele está me levando rumo a uma nova consciência. Toda vez que saio da casa dele, passo os dias seguintes esperando voltar o mais rápido possível.

Hoje, descobri outra faceta minha que eu desconhecia. Geralmente, eu e Paolo falamos pouco quando transamos. Aliás, não falamos quase nunca, como se tivéssemos vergonha. Com ele, também fico calada. Às vezes, ele faz algumas perguntas, mas não respondo, estou em outro lugar. Estou gritando e rindo de prazer em outra dimensão. Por isso, os meus "sim" estão nas ações e no abandono.

Hoje, enquanto transávamos, ele começou a dizer palavras vulgares. Palavras que acho que nunca pronunciei em toda a minha vida. Enquanto ele as dizia, eu olhava seus lábios e ficava excitada, sentia-os maravilhosamente vivos. Ficava arrepiada. Seus lábios e sua boca são capazes de fazer com que eu aceite tudo. Ele pediu que eu repetisse. No início, não consegui, achava que aquilo me incomodaria. Depois, segui aquele rio de palavras quentes e me abandonei a seu fluxo.

Ao pronunciar a primeira palavra, senti um arrepio. Agora, nem consigo escrevê-la, mas, naquele momento, consegui dizê-la, gritá-la. E descobri que eu ficava excitada não apenas ao ouvi-las. O fato de gritá-las também me causava uma sensação de transgressão: elas liberavam algo dentro de mim. Gritei, pela primeira vez em minha vida, o que eu gostava de fazer, como eu queria ser possuída, o que eu gostava de ser. Gritei meus segredos, minhas fantasias e confessei minhas vontades.

Tudo isso é irracional, existe algo de poderoso que me seduz, me incendeia e me liberta.

14 de abril

Amo sua segurança e sua graciosidade. Sua segurança talvez se deva à experiência, mas a graciosidade não pode ser conquistada. É um dom. Uma pessoa pode aprender a ser gentil, educada, atenta, até delicada, mas não pode aprender a ser graciosa. Tanta paixão, segurança e beleza não bastariam sem aquela graciosidade.

Com ele, não sou uma mulher apaixonada, mas uma mulher feliz. Pertenço a ele e não tenho escolha. Nunca senti por ninguém algo assim. Nenhum homem jamais me tocou tão profundamente, me proporcionou a sensação de ser vista por inteiro. Esvaziei-me e enchi-me de nós, e nesse "nós" está a parte mais verdadeira de mim.

Quanto mais transamos, mais sinto vontade. Ele me leva sempre ao limite de minhas possibilidades, para além das que eu acreditava ser capaz de sustentar. Ele nunca vai longe ao extremo, está sempre um passo atrás, sempre na linha entre o pico máximo de prazer e o início da dor, naquela região em que o prazer é tão intenso que contém uma sombra de sofrimento. O orgasmo que atinjo com ele é profundo, diferente dos que eu conhecia e também dos que sou capaz de me proporcionar sozinha. Cada vez é mais intenso. Como se ele aumentasse minha capacidade de gozar. Talvez isso também aconteça porque nosso relacionamento é indefinido e eu não o compreendo totalmente. Só quando transamos sinto que ele é meu.

Faz quase um mês que nos encontramos e não sabemos praticamente nada um do outro. Ele não pergunta nada sobre meu casamento, sobre minha vida fora de sua casa. Eu, consequentemente, faço a mesma coisa. Quando nos despedimos, nem sei se haverá uma próxima vez. Na verdade, entendi que essa sensação de insegurança cria uma frustração que deságua em uma explosão dos sentidos. Fora dos braços dele, não há certezas. Talvez seja isso que alimente a paixão e nos faça continuar desejando alguém. Mesmo o fato de me esgueirar até a casa dele com medo de ser descoberta, toda essa sensação de perigo e proibição, e mesmo a transgressão alimentam o desejo em mim.

Essas reflexões nascem da mulher que ele me incitou a ser. Fico me perguntando como ele conseguiu enxergá-la. Talvez essa mulher tenha revelado sua presença em um pequeno detalhe, um movimento das mãos, uma expressão facial. Um dia, perguntei como ele sabia que eu era também daquele jeito. Ele respondeu:

— Quem disse que eu sabia? Talvez tenha sido uma surpresa para mim também.

Aquelas reflexões não atenuavam a curiosidade a respeito dele e da vida que levava fora de nossos encontros. Do jeito que eu estava naquela época, não era natural sair daquela casa e me comportar como se ele não existisse. Às vezes, por isso, eu fantasiava nós dois fora daquele apartamento. Imaginava que podia compartilhar com ele algo mais cotidiano, como um passeio, um jantar, um cinema. Acho que, para mim, era natural tentar normalizar uma relação tão absurda. Dar-lhe uma forma que eu conhecesse melhor. Por isso, um dia, na cama, de repente, sem nem pensar a respeito, perguntei:

— Há quanto tempo você não tem um relacionamento?

— Em que sentido?

— Uma namorada...

— Oficial ou extraoficial?

— Qual é a diferença?

— Oficial é a que você apresenta aos amigos como namorada; a outra você não apresenta a quase ninguém, mas, se precisar apresentá-la, diz: "É uma amiga." De qualquer maneira, oficiais foram poucas, extraoficiais, um pouco mais.

— Por quê?

— Não levo muito jeito para relacionamentos a dois.

— Por quê? Acho que você entende bem as mulheres, sabe como tratá-las. Comigo, pelo menos, é assim. Não sei se você é assim com as outras...

Quando terminei a frase, esperei que ele dissesse: "Não, com você é diferente. Nunca fiquei com uma mulher assim."

Mas ele disse:

— Não lembro mais como sou com as outras. Faz muito tempo que não tenho uma namorada, nem oficial nem extraoficial.

— Você sofreu por causa de uma mulher?

— O suficiente, nada de realmente grave. Mas acho que a dor tem a ver com tudo isso.

— Medo da dor?

— É, mas não da dor que posso sentir. Tenho medo da dor que podemos causar a quem estabelece uma relação conosco. A sensação de poder quando nos damos conta de que podemos destruir a pessoa amada. É uma responsabilidade que ainda não consegui aceitar.

— É um risco que corremos, mas, se não o aceitamos, também não podemos sentir as coisas boas que ele traz.

Ele se levantou um pouco, apoiando as costas na cabeceira da cama, e disse:

— Eu sei.

Quando falava de sentimentos, ele tinha uma expressão tímida. Assim como era seguro e dono de si em outras situações, revelava naquela uma fragilidade inesperada.

— Se eu não fosse casada, seria oficial ou extraoficial?

Depois de uma pausa de alguns segundos, ele respondeu:

— Eu não saberia como definir você. Sinto-me muito bem ao seu lado. Toda vez que você vai embora, não vejo a hora de você voltar. Mas não saberia como definir nosso relacionamento. O que estamos vivendo me parece perfeito assim. Eu não mudaria nada.

Essa última frase me feriu inesperadamente.

— Você não tem curiosidades a meu respeito? A respeito de minha vida? Não entendo se você é discreto ou se simplesmente não se importa.

— Não sou de fazer perguntas.

— Que exagero! É simples curiosidade. Por exemplo, eu tenho curiosidades a respeito de você.

— O que você quer saber?

— Perguntando assim, parece um inquérito...

— Pergunte que eu respondo.

— Talvez seja melhor deixar para lá.

Sem que eu percebesse, o tom da minha voz havia se tornado duro.

Seguiu-se um longo silêncio. Senti uma resistência nele, ele se fechava. Fiquei chateada, e ele deve ter percebido, porque se arrastou para perto de mim, acariciou meu rosto e começou a contar.

— Você já sabe qual é meu trabalho, nunca me casei e não tenho filhos... acho. Se você morrer de vontade de me comprar um par de sapatos, calço 44...

Comecei a rir, a tensão se dissolveu, e ele continuou a me falar de si. Contou que vai com frequência à Toscana, onde mora o irmão, porque, juntos, estão reestruturando um sítio que pertencia aos pais.

— Eu e meu irmão tínhamos decidido vender tudo depois da morte deles, mas ele teve um período difícil e mudou de ideia.

— Como assim, um período difícil?

— Ele se separou da mulher e sofreu muito. Tornou-se outra pessoa. Decidiu que queria morar lá e transformar a casa em um hotel fazenda. Estamos fazendo obras há três anos, avançamos bastante. Acho que um dia largo tudo e também vou morar lá com ele.

— Seu irmão tem filhos?

— Dois: Matteo e Marta.

— Como eles são?

— Bem, sou tio, é mais fácil ser amado. Semana passada, a menina disse a meu irmão que me ama e que, quando crescer, quer se casar com o tio.

— Você ficou contente?

— Por ela me amar, sim, mas expliquei que não se pode casar com um tio.

— Você não quer ter filhos?

— Por enquanto, gosto mais de ser tio. Talvez no futuro. E você?

Era a primeira vez que ele fazia uma pergunta tão direta sobre minha vida.

— Nós tentamos, mas não vieram.

— Sinto muito. Espero não ter tocado em um assunto doloroso.

— Não, tudo bem. No fim das contas, foi melhor assim, mas não quero falar sobre isso aqui na cama com você.

Houve um período em que eu e Paolo tentamos ter um filho, um momento em que eu achava que seria uma forma de diminuir a distância entre nós. Mas nunca aconteceu. Verificamos tudo: os exames de ambos estavam normais. Não havia nenhum impedimento fisiológico. Não entendíamos o porquê. Só depois percebi que talvez fosse meu corpo que não queria. Mesmo quando eu não o escutava, quando o ignorava, ele não me traiu, não mentiu para mim. Provavelmente, para meu corpo era importante que, antes de ser mãe, eu fosse uma mulher feliz.

Lembro que, naquele dia voltando de carro para casa, depois da conversa com ele, fiquei pensando no que ele havia dito sobre a quantidade de dor que podemos causar às pessoas que amamos. Pensei em Paolo e em como ele sofreria se descobrisse o que eu estava vivendo. No entanto, eu não conseguia abrir mão daqueles encontros. A beleza do que eu sentia era tão surpreendente e poderosa que eliminava qualquer medo ou sentimento de culpa. Eu ficava surpresa, porque o que eu era capaz de fazer não correspondia à imagem que eu tinha de mim mesma.

18 de abril

Quando eu tinha 12 anos, na manhã de um domingo, acordei e encontrei meu pai na cozinha, sem bigode. Ele sempre o usara, desde que eu me entendia por gente. Fiquei em choque, assustada. Aquele não era mais meu pai; sem bigode, era outro homem. Por alguns dias, não consegui falar com ele. Eu não confiava naquela nova pessoa que tinha um espaço grande demais entre o nariz e os lábios. Pedi que ele deixasse o bigode crescer novamente, mas meu pai disse que não.

Hoje de manhã, me perguntei o que levou meu pai a fazer aquela mudança, a tomar aquela decisão. Por que exatamente naquele dia? Ele queria ser outro homem, viver outra vida? Pela primeira vez, questionei se minha mãe também foi responsável pela traição de meu pai.

Casei-me para ter uma família diferente da minha, por isso sempre desejei um marido fiel. Acusei meu pai daquela traição e me casei também para demonstrar que eu era melhor do que ele. No entanto, aqui estou eu hoje, sendo sua cópia, sem uma filha para me julgar.

22 de abril

Ontem à noite, sonhei com ele. Ele já entra em minha vida por qualquer pequena fresta, e até no sono eu o reencontro. Estávamos na casa dele e transávamos, não acontecia nada que não pudesse acontecer realmente. Ele me elevou à altura de meus sonhos.

Hoje de manhã, acordei com os lábios dele em meu corpo. Enquanto nos beijávamos, meus olhos se abriram: eu os fechava no sonho e os abria na realidade. Paolo ainda dormia. Há momentos em que tenho medo de ser descoberta, de me trair com uma palavra, de dizer o nome dele durante o sono. Outro dia, deixei o diário à mostra, correndo o risco de que Paolo o folheasse, assim como as mensagens no meu celular, que adoro reler e não consigo apagar. Pergunto-me se não estou correndo esses riscos na esperança de ser descoberta. Na verdade, sei que Paolo não perceberia nada: não podemos ver o que nem sequer imaginamos. E a mulher que sou hoje é muito diferente daquela que meu marido conhece.

Hoje de manhã, no banheiro, descobri dois hematomas na coxa. Foi ele outro dia. Às vezes, quando ele me pega, sinto seus dedos me apertando e gosto. Embora eu deva tomar cuidado, quando transamos, não penso nisso. Eu deixaria que ele me arranhasse, rasgasse minha pele, arrancasse minha carne a dentadas. Estes hematomas são a marca de nosso segredo. Apoiei os dedos sobre os sinais e os pressionei, recriando a sensação de dor-prazer que senti com ele na cama.

Saí correndo para o trabalho e, no carro, senti o desejo aumentar. Fiquei excitada o dia todo pensando naquele sonho. Durante uma reunião interminável, eu só pensava nele em cima de mim, ficava excitada imaginando o olhar dele em meus olhos. Aquele olhar tão forte que esconde uma grande melancolia. Eu não conseguia tirar da cabeça certas imagens de nós dois: eu de joelhos na frente dele; ele atrás de mim, refletido no espelho; nós embaixo do chuveiro. Ou, então, os momentos delicados em que ele me acaricia, fala baixinho e me enche de beijos.

Durante a reunião, eu continuava a mudar de posição na cadeira. Sem querer, comecei a me mexer lentamente para frente e para trás. Sentia prazer. Percebi depois de alguns segundos e parei. Fiquei com medo de que alguém tivesse notado meus pequenos movimentos.

Não aguentei mais. Levantei-me e fui ao banheiro. Tranquei-me lá dentro, tirei a calcinha e me apalpei para ver quanto eu estava excitada. Depois, levei meus dedos à boca. Pensei nos lábios dele com meu sabor. Apoiei-me na parede e comecei me tocar. Com a outra mão, eu apertava os hematomas na coxa, como havia feito de manhã. Depois, tirei a mão da coxa, coloquei-a na boca e comecei a mordê-la, para que eu não fizesse barulho. Ele costuma pôr a mão em minha boca e pedir que eu a morda. Nas primeiras vezes, eu tinha medo de machucá-lo. Naquele banheiro, mordi minha mão e, em poucos segundos, gozei. Um orgasmo rápido, intenso, diferente dos que sinto com ele, que são mais macios, mais redondos, mais plenos.

Na manhã de hoje, sozinha comigo mesma e com o que eu havia aprendido a fazer, sentei-me, porque minhas pernas tremiam e os joelhos estavam cedendo. Levantei a cabeça e comecei a pensar no que eu havia me tornado.

Senti toda a vida amplificada. As emoções me atravessavam. Olhei para o teto e, sem entender o motivo, comecei a chorar. Saí do banheiro, tranquei a porta do vestíbulo, lavei rapidamente a calcinha e a enxuguei embaixo do jato de ar quente. Olhei-me no espelho, meus olhos brilhavam. Sorri para mim mesma. Voltei à reunião. A calcinha ainda estava quente e um pouco úmida. Fiquei com medo de que algo pudesse transparecer em meu rosto.

Continuei a reunião passando um dedo sobre a marca de dentes que eu mesma havia deixado em minha própria mão. Agora, vou dormir. A vontade de transar não passou.

Amanhã vou vê-lo.

Um dia, depois de termos transado, enquanto esperávamos que nossos corpos voltassem a ser dois, ele me disse:

— Eu gostaria de passar um dia todo com você. Gostaria de comer com você, assistir a um filme, dormir abraçado, ver você passeando pela casa como se morasse aqui. Será que dá para fazermos isso uma vez? Talvez domingo que vem...

Ao ouvir aquelas palavras, meu coração disparou. Fiquei tremendamente sentida por ter respondido assim:

— Esta semana especificamente não posso, vou para a serra. Mas, se você não mudar de ideia, invento alguma coisa para a semana que vem.

— Acho que não vou mudar de ideia.

Havia séculos que eu não passava um fim de semana fora, mas era o aniversário de Laura e eu não podia deixar de ir. Eu já não estava com muita vontade e, depois que ele me fez aquela proposta, eu preferiria ser chicoteada a ir.

Eu o abracei e, acalentada pela ideia de passar um domingo juntos, adormeci. Quando eu estava com ele, perdia totalmente a noção de tempo. Às vezes, eu precisava checar de repente que horas eram, assustada, porque não sabia se estava ali havia vinte minutos, duas horas ou desde sempre.

Naquela noite, ao voltar para casa, mandei uma mensagem para Carla: "Está acordada?"

"Estou."

Liguei para ela. Queria conversar e contar sobre ele e eu. Sem entrar muito em detalhes, porque era algo que eu não gostava de fazer nem mesmo com ela. Queria contar como eu estava me sentindo. Naquela noite, um monte de perguntas me passavam pela cabeça.

— Fico pensando se ele faz isso com todas.

— Em que sentido?

— Gostaria de saber se ele é assim com todas ou só comigo...

— Isso não é importante. Aproveite esse momento da maneira certa, não comece a ter pensamentos desse tipo.

— Eu sei, são apenas curiosidades que eu tenho às vezes. Fico me perguntando se o que ele sente comigo é único, se as coisas que ele me diz são novas, se são exclusivamente para mim ou se fazem parte de um roteiro que ele repete de cor e salteado.

— O importante é que *você* sinta essas coisas com ele.

— Você tem razão.

Logo parei de ter aqueles pensamentos. Apesar de muitas coisas não estarem claras para mim, eu sabia que não poderia me dar ao luxo de ir além. Seria um risco alto demais.

25 de abril

Chegamos à serra para passar o fim de semana: eu, Paolo e outros dois casais, dentre os quais está Laura, a aniversariante. Estão todos no bar do hotel. Eu, porém, depois do jantar, disse que estava com dor de cabeça e subi para o quarto. Na verdade, estava cansada de sorrir ao fim de conversas que eu nem sequer havia escutado. Queria ficar um pouco sozinha. Quando entrei no quarto, abri a janela, porque fazia muito calor. Meu nariz ressecou logo, a ponto de, ao respirar, minhas narinas chiarem. Sempre me perguntei quem decide as temperaturas nos hotéis, aviões e trens. Depois de ter tentado reduzir o aquecimento no termostato preso à parede, liguei para a recepção. Subiu um rapaz que, apertando um botão do controle remoto, resolveu o problema.

Raramente trago o diário comigo. Geralmente, deixo-o em casa e escrevo quando volto, mas, ultimamente, sinto necessidade de escrever quase todos os dias.

Quando chegamos ao hotel, aconteceu uma coisa estranha. Paolo estava falando com o gerente e me apresentou como sua esposa. Pela primeira vez desde que me casei, aquilo me incomodou. O que está acontecendo comigo? Fiquei pensando nisso a noite toda. Assim que me casei, eu ficava emocionada toda vez que o ouvia dizer: "Esta é minha mulher." Tinha orgulho daquela palavra. Por que hoje me incomodou?

Talvez seja simplesmente um papel que não me agrada mais.

Fora dos papéis, muitas pessoas se sentem livres, outras se sentem perdidas, outras ainda, sufocadas. Tenho a impressão de que sempre vivi sem saber, como se desconhecesse praticamente tudo a meu próprio respeito. Primeiro, filha; depois, noiva, mulher, e o passo seguinte: mãe.

Nunca fui verdadeiramente íntima de mim mesma nem de Paolo, porque nunca me perguntei quais eram meus reais desejos. Talvez agora eu queira me despir desse papel para ver o que há por baixo. Talvez eu finalmente tenha encontrado força e coragem para me arriscar. E descobrir, talvez sem nunca ter sabido, que sou simplesmente algo mais.

À mesa, eu continuava a pensar que poderia estar com ele, e não naquele jantar idiota. Ouvi pouco e falei menos ainda, porque tinha a sensação de que, no fundo, eles não estavam falando de nada, de que, naquelas palavras, havia pouca vida e autenticidade, poucos sentimentos verdadeiros. Tudo parecia superficial, parecia que a vida e a ousadia estavam distantes. Eu já havia ouvido mil vezes aquele discurso. Os casos divertidos de sempre, vividos no passado e repetidos todas as vezes que nos encontramos.

Fora daquela mesa, havia um mundo de oportunidades que eu estava perdendo.

Durante o jantar, tentei desesperadamente procurar a mim mesma entre os rostos conhecidos daquelas pessoas. A tentação de tirar a máscara e revelar aos gritos o que me tornei era cada vez mais forte. Contar como transo, como corro excitada para ele, como fico ajoelhada em silêncio à espera de seu prazer. Gostaria de contar como me sinto quando estou com ele e quando vou embora.

Fico questionando se há mais pecado em seguir o que sinto ou na hipocrisia de viver o que não sou.

Não disse nada. Na vida, aprendi a ficar calada. Quantas noites caminhei em silêncio pela casa, de um lado para outro, porque estava me sentindo sufocada. Eu não encontrava uma saída. Agora, encontrei-a: é a porta do apartamento dele. Entro onde a vida pulsa, onde podemos nos amar livremente sem pedir nada em troca. Puro ato de amor e prazer que só pede para ser vivido profundamente.

Nenhuma ação e nenhum sentimento ligados a outro propósito que não seja o do prazer.

Este jantar era perfeito para a mulher que não sou mais. O que eu desejava antes já não me basta. Nem mesmo a casa em que vivo está decorada como eu gostaria agora. Se eu tivesse uma casa nova, ela seria completamente diferente.

Eu e Paolo nos cobrimos de promessas, porque era um modo gentil de jogar para o futuro nossas incapacidades. Éramos companheiros ao criar nossas realidades e nos ajudamos a projetá-las, mantê-las e, por fim, suportá-las. Nosso relacionamento não se baseia na necessidade de amar e ser amado, mas na necessidade de apoiar o autoengano do outro. Talvez uma leve sensação de insegurança, de possível ruptura, pudesse ter nos dado ânimo, mas nunca deixamos que a vida nos tocasse com a sua imprevisibilidade. A certa altura, porém, parei de fazer com que a vida acreditasse que eu era intocável e abri a porta: essa foi minha verdadeira traição em relação a Paolo. No fim, teria bastado pouco para não nos perdermos. A verdade é que ele não podia responder às minhas expectativas. Eu nunca as quis expressar, porque queria que ele as visse e satisfizesse sem que eu pedisse explicitamente. Eu estava errada: Paolo não mudou de repente, ele sempre foi assim.

Nunca tivemos uma intimidade verdadeira. No fundo, eu sempre soube disso. Eu era a primeira a não querer, a estabelecer limites e barreiras. Eu achava que bastava vivermos juntos para sermos íntimos. Agora, sabendo qual é a sensação de estar nos braços de um homem, de se entregar e se perder no cheiro e no calor de sua pele, não consigo mais abdicar de tudo isso. Vivenciei aquela liberdade e não posso mais voltar atrás.

"Construir uma relação". Quantas vezes ouvi essa frase? Mas as relações não são construídas, são vividas e, sendo-o, se reforçam. Agora eu entendo. Se não for assim, elas se esgotam. Não deveríamos

fazer promessas, ninguém pode apostar em si mesmo no futuro. Para respeitar as promessas, corremos o risco, como em meu caso, de gerar uma relação embalsamada. Fico me perguntando em que meu casamento resultou depois de todos esses anos. Silêncios, carências, incapacidade de comunicar realmente o que temos dentro de nós. Não existe o prazer de compartilhar, trata-se mais de um acerto de contas, uma lista de ocorrências sem nunca haver um sentimento novo. Não vivemos juntos, matamos juntos nosso tempo. Pensamos tolamente que duas infelicidades juntas pudessem dar vida a uma felicidade. Nosso relacionamento nunca nos fez sair de nossas respectivas solidões. No entanto, aos olhos dos outros, temos um casamento invejável. Quando alguém fala de nós, descreve um casal feliz. A liberdade que estou sentindo agora me fez ver todos os limites de minha pessoa, e meu casamento, minha vida.

Não quero mais estar aqui, neste quarto de hotel. Quero ir para a casa dele. Sinto falta da mulher que vejo refletida em seus olhos. Quando estamos juntos, sinto-me próxima de algo que me pertence, que é meu.

Hoje à noite, eu precisava de um olhar, de um abraço dele. Eu apenas precisava ser vista. Depois de um jantar no qual ninguém foi capaz de me enxergar, preciso ser vista. Bastaria um olhar dele para derrubar este hotel.

À mesa, hoje à noite, eu observava Paolo, que comia, e percebi que não sinto nenhum tipo de atração. Não desejo mais ser tocada por ele, nem de leve. É um afeto fraternal, desprovido de desejo.

Quando chegamos ao hotel, a menina da recepção nos disse:

— Lamentamos profundamente, mas houve um deslize na reserva e um dos três quartos não é de casal. É um quarto duplo, com duas camas de solteiro.

Fiquei feliz por dizer que não era um problema e que nós ficaríamos nele.

26 de abril

Ontem à noite, depois de ter escrito, fiquei na cama, acordada. Não conseguia pegar no sono. Quando Paolo entrou no quarto, não fingi que estava dormindo, como costumo fazer, mas fiquei sentada na cama com a luz do abajur acesa. Ele tirou a roupa e foi ao banheiro. Eu queria conversar sobre a nossa situação, mas não sabia por onde começar, como introduzir o assunto. Queria confessar que não fui para o quarto porque estava me sentindo mal, mas simplesmente porque não quero mais viver assim. Queria dizer que nosso casamento não era como eu havia sonhado e que nós merecíamos algo diferente. Eu não queria brigar, simplesmente encarar a realidade e, serenamente, tomar as decisões para uma vida melhor, tanto para mim quanto para ele. Queria que Paolo começasse a se perguntar o que quer da vida.

Pensei muito naquele momento, mas, quando a hora chegou e comecei a falar, a agitação desapareceu automaticamente. Paolo saiu do banheiro, pôs o celular para carregar e disse:

— Não vou colocar o despertador, afinal, amanhã saímos depois do almoço. Tanto faz a hora que acordarmos.

— Paolo, preciso falar com você.

— Espero que não seja um assunto complicado, porque acho que bebi demais e não sei se estou raciocinando direito.

— Queria conversar sobre a gente, sobre nossa situação. Preciso entender.

— Não, por favor, Elena. Agora, não. Estamos na serra com os nossos amigos, jantamos bem, nos divertimos. Por favor, não estrague tudo com suas paranoias de sempre. Não podemos conversar amanhã, em casa?

— Não são paranoias.

— Seja lá o que for, vamos deixar para amanhã. Está tarde, bebi e estou cansado.

Depois de um segundo de silêncio, ele se levantou de sua cama e veio em direção à minha. Tentou me dar um beijo.

— Vamos, abra um espacinho aí que vou fazer esses pensamentos ruins passarem.

— Por favor, Paolo, esqueça.

— Viu só? É você quem complica as coisas. Eu estou sempre disposto a dar um jeito, a deixar o orgulho de lado pelo nosso bem. Mas você, ao contrário, sempre critica, depois se fecha e nunca vem ao meu encontro. Fiz minha parte. É você quem não quer, nem mesmo hoje. Boa-noite. Espero que a noite seja boa conselheira e você veja a pessoa que se tornou.

De repente, o quarto do hotel ficou com a metade do tamanho. Eu estava decepcionada. Achei que talvez ele tivesse razão, que não era nem o momento nem a situação adequada. Enquanto eu começava a sentir uma leve sensação de culpa por tê-lo aborrecido em uma noite em que ele só queria se divertir, ouvi seus roncos e entendi que não havia criado nenhum problema. Na manhã seguinte, quando acordamos, nenhum dos dois mencionou as palavras da noite anterior. No carro, não estávamos sozinhos e, à tarde, quando chegamos em casa, tomei um banho e fui direto para o quarto. Ele se jogou no sofá e ficou vendo à televisão.

27 de abril

Hoje, consegui ir à casa dele antes do jantar. Esperava encontrá-lo louco de desejo por mim. Toquei a campainha do portão e ele abriu imediatamente. Gosto da ideia de ele estar me esperando em pé, tão impaciente quanto eu. Gosto quando sinto que ele me deseja, isso me deixa feliz e me excita. Sinto-me poderosa. Entrei na casa dele, ele estava atrás da porta. Pegou minha mão e a pôs entre suas pernas para que eu sentisse como ele me desejava.

Depois de dias de espera, o desejo aumentou e meu corpo está mais aceso, vivo e sensível. Gosto quando ele me possui com ímpeto, quando me devora e, em poucos segundos, já está dentro de mim, sem nem me despir por inteiro. Descobri que gosto de transar vestida. Sinto-me arrebatada por suas atenções, por sua vontade de saber quem sou e o que desejo enquanto nos encaramos, nos encontramos no reflexo de um espelho ou ficamos de olhos fechados em completude.

Enquanto transávamos, confessei que tinha sentido muita falta dele, que o considero meu e que tenho dificuldade em ficar longe. Amo esse homem, que faz amor com minha cabeça e, por isso, governa meu corpo.

8 de maio

À noite, quando volto para casa, só tenho vontade de tomar banho, vestir algo confortável, jantar e, em seguida, ir logo escrever. Ontem, porém, fui jantar com amigas, não estava a fim de ficar em casa. Ele não dá sinal de vida há dois dias e eu não o procurei. Só fico pensando se fiz ou disse algo errado. Durante o jantar, queria ter falado sobre o que estou vivendo, mas não o fiz. Ele é meu jardim secreto e é assim que deve continuar. Acho que ninguém entenderia realmente do que se trata. Os outros apenas interpretariam tudo aquilo de acordo com as próprias experiências. Mesmo porque não sei se eu seria capaz de contar o que vivencio quando estou com ele. Às vezes, não encontro palavras para explicar nem para mim mesma. Ao não falar a respeito dele com ninguém, eu o defendo do olhar dos outros: ninguém pode poluir nossa relação com comentários, conclusões, julgamentos. Assim, não corro o risco de ver o que estou vivendo desmoronar sob os golpes de quem poderia diminuir, redimensionar, banalizar. E talvez colocar lenha na fogueira das minhas inseguranças.

Só tive a tentação de me abrir com Federica. Uma manhã, ela pôs a cabeça na porta de meu escritório e, com um grande sorriso, me disse:

— Não vou perguntar nada, mas, se um dia você quiser conversar a respeito, estou aqui.

Acho que fiquei roxa, mas respondi que não sabia do que ela estava falando.

— Como quiser, mas, se você mudar de ideia, estou lá na minha mesa.

Passei o dia inteiro tentada a me abrir com ela, mas, por fim, decidi que não o faria. Pelo menos por enquanto.

No jantar com minhas amigas, porém, a única que notou algo de incomum foi Beatrice, que me falou que, ultimamente, estava me achando diferente.

A vontade de vê-lo aumentava a cada segundo. Fui ao banheiro e enviei uma mensagem: "Estou fora com amigas. Se você quiser, depois passo aí para dar um oi rápido." Antes de voltar, esperei a resposta por um tempo. À mesa, em seguida, eu olhava o celular a cada cinco minutos.

— Você arrumou um amante? Por que não para de olhar o celular? — perguntou Beatrice, e todas riram, inclusive eu.

Nenhuma mensagem. A vontade de ir à casa dele e subir somente por alguns minutos ribombava em minha cabeça e não me dava trégua.

"Por que ele não responde?", eu pensava. "Justo hoje, que até tomei umas taças de vinho." Acho que transo melhor quando bebo um pouco.

O silêncio dele me incomodava. No carro, pensei que talvez ele não estivesse sozinho, talvez estivesse transando com outra. Comecei a imaginá-lo em cima de uma mulher, a vê-la ajoelhada na frente dele. Por um lado, aflorava um sentimento de raiva; por outro, aquilo me excitava cada vez mais. Várias vezes, me perguntei se sou a única ou uma das muitas mulheres com quem ele brinca. Um dia, até cheguei a perguntar se ele via alguma outra mulher além de mim.

— Só se você sair da frente — disse ele.

Riu, mas, no fim, não respondeu. Espertinho.

Certamente, já esteve com muitas mulheres. Dá para ver pelo modo como beija, olha e toca. Sabe-se lá quantas passaram por aquela casa. Meu orgasmo não é só meu. Carrego dentro de mim os momentos de prazer delas.

Não sei se, para ele, sou a única, mas posso dizer que é assim que ele faz com que eu me sinta: quando me procura, quando me pede para ir à sua casa, quando me escreve quantas horas faltam para o nosso encontro. Ele faz com que eu me sinta especial por causa do modo como me olha e por entender o que tenho dentro de mim: com ele, não preciso dizer o que desejo, ele logo compreende se tenho vontade de ser possuída com força ou se preciso senti-lo meigo e delicado. Se, daquela vez, quero ser ninada por suas palavras, tocada por suas mãos, amada como a única mulher do mundo.

Ontem à noite, eu o odiei por causa daquele silêncio. Ao voltar para casa, passei na porta de seu prédio. Não era caminho e não sei por que fiz aquilo. Quando eu estava quase estacionando embaixo de minha casa, sua resposta finalmente chegou: "Desculpe, dormi no sofá vendo TV. Estou à sua espera."

"Já estou na porta de casa, é tarde."

Escrevi aquela mensagem, porque queria puni-lo. "Tarde demais, assim você aprende" era o que queria dizer. Ele me ligou e pediu para que eu passasse na sua casa, mesmo que fosse apenas para lhe dar um beijo. Tentei resistir, mas, por fim, ele venceu. Ele sempre consegue ser mais forte que eu e me convencer a fazer o que ele quer. Mas, no fundo, também é o que eu quero. Tínhamos pouco tempo; um beijo rápido e eu iria embora. Quando subi e abri a porta, ele pegou minha mão e me empurrou contra a parede. Senti seus lábios em meu pescoço. E ele levantou uma de minhas pernas, afastou a calcinha e transamos ali. Depois, passamos para o chão. Eu procurava algo a que me agarrar, mas não havia nada. Abracei-o. Sentia minhas unhas entrando em suas costas. Foi tudo tão rápido que perdi a noção. Estava tonta. Antes que eu fosse embora, ele me abraçou com força e me vestiu. Saí com nosso cheiro no corpo. Eu não queria voltar para casa. Ultimamente, não tenho mais vontade de voltar para casa.

13 de maio

Descobri a maravilha que é se perder completamente.

Eu não era capaz de expressar nenhum sentimento por meio de meu corpo. Talvez por isso meu corpo nunca tenha sido realmente meu. Eu o habitava como a um invólucro. Algo sempre me impediu de senti-lo e ouvi-lo, de ter consciência de sua presença. Eu não conseguia pensar, agir e amar como deveria, como, talvez, quisesse. Ao me abandonar, é como se eu tivesse retirado uma tampa e meu corpo voltasse a emergir. Aprender a amar meu corpo não foi simples, e a educação que recebi certamente não ajudou. Quando criança, eu era muito ligada a meu pai; eu o amava, o abraçava, estava sempre em cima dele. Quando meu corpo começou a crescer, os seios a despontar, algo mudou entre nós. Meu pai parou de me abraçar e o contato físico entre nós foi diminuindo. Minha feminilidade me afastou da pessoa que eu mais amava no mundo.

Na escola, a mudança também me criava constrangimentos. Por isso, eu tentava esconder meus novos seios com suéteres largos.

Quando pequena, eu às vezes examinava, na frente do espelho, minha parte mais misteriosa. Eu a tocava, a acariciava, tentava entender. Uma vez, minha mãe me viu, me deu um tapa na mão e outro no rosto. Nos dias seguintes, senti vontade de fazer aquilo novamente, porque me agradava, mas eu já sabia que era algo errado e ficava com vergonha.

Sexualmente, nunca me conheci bem, nunca desejei experimentar, procurar, indagar. A sexualidade me deixava constrangida. Talvez por isso Paolo fosse o marido perfeito para mim. Nós dois sempre vivemos para agradar os outros, para ser aceitos, sem nunca nos perguntar quem éramos de fato. Para depois nos esquecermos até de quem eram essas outras pessoas pelas quais estávamos fazendo todos aqueles sacrifícios. Po meio de nossos limites, de nossos medos, construímos o caminho a ser seguido, o percurso de nossas vidas.

Sem nunca nos questionarmos, vivemos na ausência de nós mesmos. Como eu, Paolo nunca se perguntou o que o fazia feliz. Por isso, nossas vidas se encaixavam perfeitamente. Como eu, ele pensava que não merecia a felicidade, o prazer sob qualquer forma. Se eu não era capaz de me excitar, sentia culpa em relação a meu marido; se sentisse prazer, me sentia culpada ainda assim, como se ter um orgasmo fosse algo que eu não merecesse.

Deveríamos ter escutado nossas vozes interiores e não o vozerio do mundo. Agora, entendi que foi nossa íntima e profunda sensação de vazio que nos fez dizer "Eu te amo". Quando abri espaço para o inesperado, quando tive coragem de antepor meu prazer a tudo, transformei-me e meus desejos vieram à tona. Bastou um beijo para me acordar, como acontece nos contos de fadas. Um beijo na boca, e o feitiço sumiu, o autoengano esmigalhou-se, dissolveu-se. Meu prazer se tornou um exercício de aprendizado para a liberdade. Sou uma mulher que despertou.

15 de maio

Hoje, nos vimos durante a hora do almoço. Quando saí do prédio, o porteiro estava na calçada, fumando um cigarro. No início, para evitar qualquer contato, até mesmo visual, eu fingia que estava telefonando. Enquanto desaparecia escada acima, eu sentia o olhar do porteiro grudado em meu corpo. Isso ainda acontece, sobretudo quando desço. Ele me cumprimenta com um sorrisinho, como se dissesse: "Sei o que você foi fazer. Você deveria se envergonhar."

Nas primeiras vezes, eu tinha medo de que meu rosto revelasse meu segredo. Como, quando menina, comecei a ficar menstruada. Lembro que, naquela manhã, fui para a escola com a sensação de que meu rosto estava diferente e de que eu não era mais a mesma de antes.

Agora, não finjo que estou telefonando. Cumprimento o porteiro e seu julgamento não me diz mais respeito. Nem o seu nem o do resto do mundo. Tenho certeza de que, se eu fosse homem e subisse para a casa de uma mulher, ele sorriria com ar de cumplicidade, e eu caminharia orgulhoso, com a cabeça erguida, vangloriando-me por ter obtido meu prazer cotidiano. Ou talvez ele nem sequer ousasse sorrir, evitasse tal gesto. Mas, sendo eu mulher, deveria me envergonhar, porque também desejo, porque, como mulher, não me é permitido desejar, apenas ser esposa ou mãe. Não mais. Caminho ereta, com a austeridade de um homem, porque tenho o mesmo direito de gozar que eles têm. Olho meu reflexo nas vitrines das lojas e sinto orgulho de mim, do ar que aprendi a deslocar com cada passo, de minha capacidade de superar as coisas que antes eram obstáculos. Entendi que tenho um poder infinito. Posso seduzir com muitas partes de meu corpo: os pés, os tornozelos, as pernas, as mãos, com meus movimentos, como um afastar de cabelos, um mordiscar de lápis.

Não redescobri algo que havia esquecido: simplesmente ninguém jamais havia dito que eu também podia gozar quando e quanto quisesse. A experiência vivida com aquele homem me transformou profundamente. Aprendi a reivindicar meu direito ao prazer, a gozar, a pedir. Sem julgamentos, encontrei minha verdadeira forma.

Portanto, caro porteiro, pode me olhar enquanto passo, me esquadrinhe, descubra as diferenças em meu penteado entre as horas que cheguei e saí. Veja se a saia está um pouco torta, se o rosto está corado, se o batom está menos intenso que no momento em que subi. Percebeu que, agora, quando você está no portão, passo tão perto que quase esbarramos? Quero que você sinta o cheiro de minha pele, o cheiro do que acabei de fazer. Sei que você tem fantasias comigo, aprendi como funciona a coisa. Pode sorrir com malícia à vontade quando passo. Você precisa continuar a fazer sozinho o que, no início, eu também fazia: urgência de classificar, enquadrar, essa necessidade de interpretar, sem deixar espaço para a ideia de possibilidade, de variantes inesperadas. Espere que eu sempre esteja com pressa quando passo a seu lado, porque, talvez, um dia, eu tenha tempo de parar e, então, nesse caso, para fazer com que você se sinta mais próximo de seu jeito de ser, eu é que vou julgar.

17 de maio

Já sei quais são as coisas importantes que quero de um homem.

A maneira como me trata.

A maneira como transa comigo.

Naquele período, a sensação de libertação que eu vivenciava trazia consigo uma outra, de onipotência. Como a de um adolescente que tem, ingenuamente, certeza de que aprendeu tudo. Eu não enxergava mais os limites e fronteiras do que estava vivendo, arrebatada pela euforia daqueles encontros.

Um dia, ele me perguntou:

— O que você deseja?

— Nada diferente do que fazemos.

— Quero saber se você tem fantasias.

— Gosto de entrar em sua casa e não saber o que me espera.

— Então, você não tem nenhum pedido... Tem certeza?

Sempre tive vergonha de minhas fantasias. Ele entendeu que eu estava constrangida.

— Seu olhar, sua expressão neste momento, é uma das coisas mais eróticas, sensuais e sedutoras que eu já vi. O pudor que você conserva é muito sexy. Não se preocupe. Se tiver vergonha, não me conte.

Eu não sabia se devia confessar a fantasia erótica que me veio à mente, tinha medo de que ele fosse rir de mim, embora achasse que ele nunca faria algo do gênero. Arrisquei.

— Gostaria de transar ao ar livre. Em um parque, uma praia, uma estradinha à noite... Mas ao ar livre.

— Legal. Por causa da sensação de liberdade ou pelo risco de sermos vistos?

— Não sei, nunca pensei nisso. Sobretudo, é algo que nunca fiz... Você já?

— Já. Você já teve alguma fantasia enquanto transávamos?

Na verdade, aconteceu uma vez, mas eu não sabia se deveria dizer. Tinha medo de que ele pudesse pensar que eu fantasiava porque não estava satisfeita.

— Ter fantasias enquanto transamos é legal e não significa que você não gosta do que está fazendo — disse ele, como se tivesse lido meus pensamentos.

— Sim, aconteceu uma vez. E você? Quais são suas fantasias? Sei que agora você vai fazer uma lista infinita.

— Para dizer a verdade, não tenho muitas. De qualquer maneira, acho que "a desconhecida" é a minha preferida.

— Como assim, "a desconhecida"?

— A mulher que não conheço: um encontro no trem, no avião, em um bar. Transar com uma mulher sobre quem sei pouco ou nada. Uma situação não programada que acontece de repente, depois de apenas alguns olhares, talvez.

— Já aconteceu com você?

— Algumas vezes.

— Conte uma delas para mim.

— No trem para Roma. Eu estava sentado de frente para uma mulher. Estava viajando a trabalho: computador, documentos, telefonemas sem parar. De vez em quando, nos olhávamos. Um meio sorriso, um "com licença" esbarrando em algo do outro. A uma certa altura, decidi ir até o bar e perguntei se ela queria alguma coisa. A resposta foi "não".

"Tem certeza?"

"Na verdade, sim. Quero um café, mas, se não for incômodo, vou com você até o bar."

"Tomamos o café. Ela me disse no que trabalhava, aonde estava indo e como se chamava. Voltando do bar, na passagem entre dois vagões, segurei a mão dela, puxei-a em minha direção e nos beijamos.

— Vocês foram ao banheiro e transaram?

— Não, só nos beijamos. Quando voltamos a nossos lugares, sentei-me a seu lado. Continuamos a trabalhar, mas, sem que ninguém percebesse, eu tocava as pernas dela por debaixo da saia. À noite, depois dos respectivos jantares de trabalho, fui encontrá-la em seu hotel.

Pensei na noite em que saí para jantar com minhas amigas e o imaginei transando com outra mulher, e comigo junto. Contei a ele, porque queria dizer algo transgressor que fosse além de minha fantasia de transar ao ar livre, que, naquele momento, me parecia até um pouco banal. Eu quase sentia vergonha de ter apenas aquele sonho erótico.

— Transar com um homem e uma mulher juntos — disse e fiquei assustada logo em seguida. — É só uma fantasia, não sei se realmente gostaria de experimentar — acrescentei.

— E como você gostaria que fosse essa mulher?

Tentei mudar de assunto, porque tinha medo de que ele quisesse entrar em detalhes.

— É uma daquelas fantasias que devem permanecer como tal para que sejam legais.

— Tudo bem... Mas diga apenas como você gostaria que ela fosse: loura, morena, com os seios fartos, magra...

Não sei por que respondi:

— Em primeiro lugar, queria que fosse limpa. Deve ser uma mulher limpa e também elegante...

Ele abriu um sorriso grande e me abraçou; devo ter lhe inspirado ternura. Quem sabe por que respondi daquela maneira.

— Limpa e loura ou limpa e morena? — perguntou rindo.

— Não sei. Certamente, uma desconhecida. Eu nunca conseguiria com uma amiga. Depois, deve ser uma situação imprevista, eu não poderia planejá-la. De qualquer maneira, não consigo visualizá-la fisicamente, saber como ela é. Gostaria que fosse bonita e ponto final.

Ele se levantou para pegar um copo-d'água e me perguntou se eu também queria um.

— Quero, obrigada.

Fiquei feliz por encerrar aquele assunto.

23 de maio

Amo seu toque tímido depois de transarmos. Sempre o interpretei como uma maneira para que eu entendesse que ele gosta de mim. Muitas vezes, ele me faz descobrir lugares a que nenhum outro homem jamais me levou, me faz brincar à beira de meus limites, me faz vê-los e tocá-los. Antes de nos separarmos, ele sempre me traz de volta para territórios conhecidos, com carícias, abraços e beijos delicados. Adoro quando ele beija minhas pálpebras, segura minha mão, e nossos dedos se entrelaçam como se fossem um zíper. Parece que, se o mundo desmoronasse de repente, eu estaria à salvo.

28 de maio

Fui reler umas frases que escrevi há mais de um ano. Eu as havia ouvido de uma moça e ficado incomodada. Escrevi comentários muito duros. A moça era uma amiga de Federica que eu não conhecia e que, um dia, almoçou conosco. Dizia que você pode conhecer um homem, namorar, ir morar com ele, se casar e até ter um filho achando que aquele é o homem de sua vida. Vocês se sentem bem juntos, se amam, são gentis um com o outro. Vivem aquele relacionamento ano após ano: são uma família. Um dia, porém, o olhar de um desconhecido a deixa acuada. Uma pessoa mal encosta em você e, inesperadamente, em um instante, você é tomada por uma sensação que nunca experimentou na vida. Uma emoção que assusta, mais poderosa que as convicções e os valores que você sempre defendeu e por que sempre lutou. Você se sente nua, e todo o mundo construído com tanto esforço e precisão pode desmoronar como um castelo de areia. É arrebatada por aquele olhar antes que seja possível se proteger com os discursos racionais de sempre. "Se me sinto atraída por outro homem, isso significa que não amo mais o meu. Prefiro deixá-lo e, depois, ficar com outro. Eu não poderia traí-lo..."

Todos sabem que isso pode acontecer, e muitas pessoas ficam assustadas. Por isso, decidem se casar: para atenuar esse medo. O casamento é uma promessa: prometa que você vai me amar para sempre. Às vezes, faltam tempo e força para tomar uma decisão, então você opta por se deixar levar. E o outro não pode ficar com raiva, porque sabe que o mesmo poderia acontecer com ele e que o fato de não ter acontecido não o torna uma pessoa melhor. Quando você está com alguém, não pode pedir garantias ao outro, porque não pode pedi-las nem a si mesmo. O amor é um risco que uma pessoa assume. Por isso, o amor verdadeiro é para os corajosos.

Lembro que eu não disse nada naquele almoço, embora tenha ficado incomodada com tais palavras. Aquele me parecia um modo de justificar certas ações, de não assumir responsabilidades. Sempre acreditei que, se um relacionamento é forte, leal e íntimo, nem um furacão pode varrê-lo. Hoje, não sei se ainda penso assim, não consigo ter uma opinião clara sobre o assunto. Se eu e Paolo tivéssemos nos amado de verdade, se tivéssemos tido uma intimidade real, coragem de nos aproximarmos um do outro, talvez eu nunca tivesse entrado naquele apartamento. Talvez seja como a história do lobo e dos três porquinhos: a força do sopro é importante, mas a maneira como a casa foi construída também é.

A única certeza é de que, agora, julgo com menos dureza as ações dos outros.

31 de maio

O que poderia acontecer comigo se, de repente, aquela porta não se abrisse mais para mim? Será que eu acharia outras escadas que fizessem meu coração bater tão forte? A nova mulher que sou ficaria fechada do lado de dentro ou de fora?

Talvez só me restasse o consolo de me refugiar nas páginas deste diário. Será que, aqui, eu finalmente poderia me sentir salva?

São perguntas às quais apenas o tempo poderá responder. Agora, sou obrigada a viver. Quanto ao resto, devo esperar.

3 de junho

Hoje, fui à esteticista. Ela me convenceu a fazer massagem. Eu tinha tempo, havia uma vaga. Fechei os olhos, relaxei, comecei a pensar que aquelas mãos eram dele, fiquei excitada. Acho que a garota não percebeu. Quando terminou, antes de eu ir embora, ela disse:

— Fique quanto tempo quiser, com calma.

Sozinha, não resisti e me toquei.

Fora do salão de estética, eu não lembrava mais onde havia estacionado o carro.

Reler sobre aquela tarde me faz sorrir. Lembro perfeitamente o estado de espírito com o qual eu enfrentava meus dias, as coisas do cotidiano. Depois que aquele homem apareceu em minha vida, eu acordava mais leve e alegre. Muitas vezes, me deixava acalentar pelo pensamento de nós dois e me pegava sorrindo, surpresa do que havia conseguido fazer com ele.

Uma manhã, enquanto eu estava indo para o escritório, recebi uma mensagem dele: "Você consegue vir à minha casa esta noite?"

"Não antes das nove."

Aquela noite, assim que entrei em sua casa, ele me deu um beijo na boca, me ajudou a tirar o blazer e, depois, segurando minha mão, me levou para a cozinha. Havia uma garrafa de vinho tinto aberta e fizemos um brinde. Ele me olhava e sorria. Conversamos um pouco, ele era afetuoso ao falar comigo. Afastou meus cabelos e beijou meu pescoço, dizendo palavras lindas. Naqueles momentos, eu me sentia amada. Do bolso da calça, ele tirou uma fita de seda preta e me vendou. Depois, me despiu lentamente.

— Você é linda — sussurrou em meu ouvido. — Venha, tenho uma surpresa para você.

Pegou minha mão, e entendi que estava me levando para o quarto. Sob a porta, tirou minha venda. Por um segundo, meu coração parou e meu estômago deu um nó. Um calor explodiu por todo o meu corpo, sobretudo no rosto. Eu não estava preparada, não esperava: na cama, havia uma mulher vendada, nua.

— Gostou?

Eu não sabia o que dizer.

— Diga apenas se você gostou. O resto é comigo.

Ela era muito bonita, devia ter uns 30 anos. Loura. Fiz que sim com a cabeça, mas estava tomada por uma emoção forte. Tive até o desejo de ir embora, mas não conseguia me mexer.

— Não se preocupe, estou aqui com você.

Pôs novamente a venda em mim, levou-me rumo à cama e me deitou ao lado da outra mulher.

Eu sentia seu perfume. Não conseguia relaxar. Ele me deu um beijo na boca, acariciou minha cabeça. Era muito meigo, como só ele sabia ser.

— Agora, vou tirar a venda.

Tive medo de que ela não gostasse de mim. Era uma mulher linda; talvez, ao me ver, mudasse de ideia e fosse embora. Fiquei mais ansiosa de não a agradar do que quando fiquei com ele da primeira vez. Ela não falava, não dizia nada. Só a ouvi se levantar. Depois, senti as mãos dela em meus tornozelos, minhas pernas, meu seio, meu pescoço. Ela me tocava, me beijava. Eu sentia seus cabelos sobre minha pele. Fiquei rígida, agitada. Sussurrando em meu ouvido, ele me disse para ficar tranquila, pois, se eu não quisesse continuar, era só dizer e ela iria embora. Eu não queria que ela parasse. Senti os lábios dela sobre os meus, nos beijamos. Eram beijos excitantes e, ao mesmo tempo, delicados. Eu nunca havia sentido a pele de uma mulher em meu corpo. Depois, ela desceu e abriu minhas pernas. Uma mulher estava me beijando e me proporcionando um prazer intenso. Gostei imediatamente, talvez até mais do que quando ele o fazia. Os músculos de meu corpo se contraíram por alguns segundos, a coluna se curvou, os dedos dos pés se retesaram. Entreguei-me, e o prazer, como um bálsamo, me amoleceu. Ele tirou minha venda e sorriu. Depois, a vendou, colocou-a sentada a meu lado e disse:

— É toda sua.

Eu não sabia o que fazer, então me levantei, encarei-o e, sem desviar o olhar, me abaixei e afundei a boca entre as pernas dela. Era minha primeira vez. Eu a beijava pensando em como eu gostava que fizessem comigo, o gosto dela era bom. Ele se levantou, me pegou pelos quadris e, depois de um instante, eu o senti dentro de mim. Ela segurou minha cabeça e aumentou a velocidade de meu movimento. Ele a seguiu. Naquele momento, fui atravessada pelo pensamento de que ele poderia preferi-la a mim e fiquei com ciúme por um instante.

Transamos de várias maneiras, encaixando nossos corpos e desejos. Tudo era delicado, meigo, puro. A certa altura, éramos apenas um, tão íntimos e profundamente unidos que nós três atingimos o prazer juntos. Eu nunca havia sentido algo tão forte. Três corpos que tremiam em uníssono. Deitei-me ao lado daquela mulher e quis olhar em seus olhos. Tirei a venda e, depois de nos encararmos por muito tempo, nos beijamos.

Aquela noite, voltei para casa incrédula e feliz. Paolo já estava dormindo, e eu me enfiei na cama procurando não fazer barulho. Eu sentia nossos cheiros misturados: nas mãos, nos pulsos, nos lábios. A cada pequeno movimento, eu os sentia subir dos lençóis. Adormeci envolta pelo cheiro de meu excitante segredo.

7 de junho

Preciso sair daqui. Desta casa preenchida apenas por nossos silêncios. Esta casa tão grande, na qual, absurdamente, me sinto sufocada, como sempre digo a Paolo. Talvez eu estivesse esperando que alguém viesse me salvar de mim mesma, provável motivo pelo qual às vezes detesto aquele homem. Ele me dá raiva e quase me incomoda. Nunca escrevi isso, mas há momentos em que ele me irrita. Sobretudo no início, quando eu entendia o poder que ele tinha sobre mim, quando eu me perguntava como era possível ter logo gostado tanto assim dele.

O motivo pelo qual às vezes ele me indispõe é que não devia ser ele a me salvar. Essa tarefa não cabia a esse desconhecido. Eu havia apostado em um outro homem, um homem que, como diz Carla, nem sequer percebe que já fui embora.

10 de junho

Hoje de manhã, levei o diário para o escritório, para reler algumas partes.

Quando fui à casa dele, depois do trabalho, pensei que, pela primeira vez, estas páginas respirariam o ar daquilo que contam. Enquanto transávamos, eu sentia que cada beijo, cada olhar, cada toque se fixaria para sempre nas páginas em branco.

Antes de ir à casa dele, comprei um vestido e uma roupa íntima novos. No carro, mandei uma mensagem: "Deixe a porta aberta, prepare duas taças de vinho tinto e me espere no quarto."

Entrei, tirei a roupa no vestíbulo, tirei da bolsa todas as compras e me preparei para ele. Peguei as duas taças de vinho e fui para o quarto. Quando me mostrei, ele fez uma expressão que me recompensou por tudo. Fico pensando como é possível parar de desejar um homem como esse.

— Não tire nada, nem os sapatos... Fique assim — disse ele, e logo transamos.

Eu via meu reflexo no espelho e gostava de minha imagem vestida com os presentes que dei a mim mesma e os sapatos de salto alto. Considero-me irresistível quando estou com ele. Depois, tive uma experiência nova, e foi mais fácil fazê-la do que escrever a respeito agora. Eu já havia experimentado uma vez com meu primeiro namorado, mas logo senti dor e pensei que aquilo não era para mim. Prometi que tentaria novamente um dia, com meu futuro marido. Paolo, porém, nunca me pediu. Para ser sincera, não houve um pedido agora, ele simplesmente fez e pronto. Não ofereci resistência, não disse nada para interrompê-lo, foi tudo muito natural. Tive medo de que doesse, de que eu tivesse de pedir para ele parar. Senti um arrepio que me atravessou o corpo. A leve dor que senti no início deu lugar a um prazer diferente e novo.

Às vezes, penso em todas as coisas que fizemos e digo que, em minha idade, é ridículo tentar essas experiências novas. Deviam ter sido provadas antes, quando eu era jovem. Depois, acho que, no fundo, nesta idade, essas coisas assumem um significado maior, porque nos obrigam a acertar as contas conosco, com nossa própria vida.

14 de junho

Hoje de manhã, acordei excitada com a ideia de que vou passar o domingo inteiro com ele, feliz de poder me preparar com calma e fazer tudo com tranquilidade. Paolo está viajando a trabalho e eu disse que ficaria o dia inteiro com Federica.

Tomei café da manhã como gosto, pensando no que eu vestiria, embora, na verdade, eu já tivesse imaginado alguma coisa ontem à noite. Enquanto lavava os pratos, parecia que eu estava sentindo tudo mais intensamente: a água que me escorria pelas mãos, minha respiração, aquilo que eu tocava. Coloquei uma música e vim para o quarto escolher como me vestir. Pus sobre a cama todas as roupas, as opções possíveis, exceto a roupa íntima que eu já havia escolhido ontem. Em seguida, enchi a banheira e tomei um banho com sais perfumados. Lavei bem os cabelos embaixo do chuveiro, enrolei-os em uma toalha e passei creme no corpo. Fiquei animada por estar me arrumando e saber que, mais tarde, eu seria dele. Enxuguei os cabelos e me vesti. Por fim, escolhi um vestidinho simples.

É bom sair de casa pronta, não como nas vezes em que sou obrigada a me trocar na casa dele ou, pior ainda, no carro. Hoje, passei só um pouquinho de batom, mal dava para ver. Fiquei indecisa pensando se deveria maquiar mais os olhos para ter um olhar diferente ou se me apresentava sem nada artificial, para ostentar simplicidade. Às vezes, depois de todo o tempo que dedico a mim mesma, me pergunto se não exagerei e se, no fim, não fico melhor nos dias em que saio com pressa.

No carro, eu estava felicíssima, parecia uma menina. Olhei-me muitas vezes no retrovisor antes de subir até o apartamento dele. O elevador não tem espelho, então apalpei mais uma vez os cabelos, tentando descobrir pelo tato como estavam. Puxei bem para cima as meias com liga e passei as mãos sobre as coxas para ajeitá-las.

Ele me recebeu à porta, dizendo que eu estava bonita. Parecia muito tranquilo e à vontade; eu, por outro lado, estava constrangida, porque, geralmente, assim que entro, sinto sua boca e suas mãos por toda parte. Hoje, não.

Enquanto ele me preparava chá, vi sobre a mesa da cozinha os desenhos de uma casa, que pareciam feitos por um arquiteto. Perguntei se era a propriedade que ele tinha com o irmão na Toscana.

Sentamos no sofá e conversamos sobre um projeto de trabalho que talvez nos obrigasse a ser colaboradores novamente. Imaginamos como poderíamos nos esconder dos olhos de todos para continuar a nos ver. Depois, ele tirou a xícara de chá de minhas mãos, apoiou-a junto da sua sobre a mesinha e me puxou em sua direção. Meu coração batia forte enquanto, lentamente, nossos corpos começavam a se acomodar mutuamente. Transamos delicadamente, em silêncio, à luz do dia, sem jogos complexos. Adormecemos abraçados. Quando acordei, ele estava roncando levemente. Afastei-me um pouco e olhei para ele, seguindo a linha de seu nariz, o corte dos olhos. Adoro o formato de sua cabeça. Quanto mais eu o olhava, mais ele me parecia bonito. É um homem que desejo constantemente, me excita até quando percorro lentamente com o olhar seu perfil alongado. Disse a mim mesma que preciso ficar atenta, o jogo da normalidade de hoje é perigoso para mim. Atirei-me de corpo e alma nessa história, mas não posso envolver meu coração também. Talvez seja só uma ilusão e eu já o tenha envolvido, talvez eu já tenha me apaixonado. Afastei logo esses pensamentos e me censurei por não ser capaz de me entregar completamente para viver o que vier. Por medo de sofrer, preciso sempre destruir as coisas bonitas antes mesmo que elas surjam.

Ele acordou e me surpreendeu a observá-lo. Beijou-me e, como se estivesse lendo meus pensamentos, disse para eu não pensar demais. Depois, se levantou, tomou um banho e foi para a cozinha. Tomamos vinho tinto. Em casa, nunca tomo vinho, embora goste, porque Paolo prefere cerveja e não gosto de abrir uma garrafa sozinha.

Gosto de como ele se movimenta entre suas coisas, como procura e logo encontra os objetos de que precisa. Enquanto esperávamos que o almoço ficasse pronto, ele preparou torradas com uma pasta de abacate, pimenta malagueta, limão, azeite e sal. Sentamos à mesa, pois já eram mais de três horas. Eu estava feliz com tudo, emocionada, comovida por tanta beleza e simplicidade. Fomos novamente para o sofá e tomamos café. Eu estava usando uma das camisetas dele, que ele disse que vestiria à noite, para sentir meu cheiro.

Ele ligou o som e me fez ouvir músicas lindas que eu não conhecia, noturnos de John Field. Falava, me beijava, me abraçava e me obrigava a dançar com ele. Eu estava embriagada, mas não de vinho.

Fiquei tonta e fui ao banheiro enxaguar o rosto. Reconheci a mulher refletida: só me reconheço no espelho da casa dele. Finalmente me vejo.

Aquele domingo foi tão íntimo e delicado que, no dia seguinte, senti necessidade de ligar para Carla.

— Estou saindo de uma loja de discos.

— O que você está fazendo em uma loja de discos?

— Por que, o que há de estranho? Não posso comprar música?

— Claro que pode, mas é a primeira vez que ouço você dizer algo do gênero. O que você comprou?

— Noturnos de John Field.

— Como você conheceu John Field?

— Li em uma revista. De qualquer maneira, não liguei para falar de música, mas para dizer que ontem fiquei o dia inteiro com ele.

— Como assim o dia inteiro?

— Isso mesmo. Disse a Paolo que ia para a casa da Federica, mas fiquei na casa dele desde de manhã até a hora do jantar.

— Como foi?

— Acho que nunca me senti tão bem com um homem em toda a minha vida. Ele preparou o almoço, tomamos um vinho bom demais e conversamos muito.

— Você não estará se apaixonando?

— Não, não. Acho que não.

— Elena, não faça besteira.

— Não, talvez eu esteja um pouco envolvida, só isso... No sentido de que é difícil não se apaixonar ou não sentir algo. Você me conhece, e ele é um homem maravilhoso. Além do sexo, é um homem atencioso e carinhoso. Enfim, não estou acostumada. Acho que ele está um pouco envolvido, ou não se comportaria assim.

— Mas o que ele diz?

— Nada, nunca falamos explicitamente a respeito, mas dá para entender pelo que vivemos quando estamos juntos.

— Cuidado para não ficar fantasiando. Talvez ele esteja encarando essa história de outra maneira.

— Entendo que seja difícil de acreditar, mas, se você nos visse juntos, talvez compreendesse.

— Talvez, não estou dizendo que você não tem razão. Só estou dizendo para você tomar cuidado... Às vezes, a partir de pequenos equívocos, criamos ideias e convicções de mão única.

Naquele dia, ao telefone, Carla continuava a repetir que eu deveria tomar cuidado. Foram tantas as vezes que, naquele momento, suspeitei até de que ela quisesse que as coisas entre mim e ele dessem errado. Eu sabia que, até mesmo para ela, era difícil entender o que acontecia naquele apartamento.

17 de junho

Escrever me faz viver novamente as emoções, faz com que eu me sinta perto dele. Às vezes, enquanto escrevo, faço algumas pausas e aproximo a mão do nariz para sentir nossos cheiros, ou apenas o meu. A mão que uso para escrever é a mesma com a qual proporciono prazer a mim mesma. O ato de escrever se tornou quase como me tocar.

Entendi que escrevo não apenas porque tenho medo de esquecer, mas também para afastar meu medo. Medo de perder novamente o que ele me devolveu.

Eu achava que não era capaz de amar um desconhecido. Sempre pensei no amor do modo como me ensinaram, convencida de que fosse a única. Com ele, porém, tudo foi diferente. Com ele, decidi não fingir, não usar máscaras. Quero que ele me veja como sou. Se, agora, além da paixão e do desejo, também tenho um sentimento, não me escondo.

Escrevi essas palavras depois que ele se abriu e trocou confidências comigo como nunca havia feito. Estávamos tomando banho, tínhamos tomado uma garrafa inteira de vinho e a água estava nos relaxando ainda mais. Na beirada da banheira, havia uns óculos escuros.

— O que você faz com isso? — perguntei.

— Gosto de tomar banho de óculos escuros, é um hábito que tenho há anos. Experimente.

Coloquei seus óculos.

— Ficou bem — disse ele, rindo.

— Tome, são seus. Ponha você.

Ele os experimentou, mas logo os tirou.

— Fico com vergonha se não estou sozinho.

— Por quê? Você costuma tomar muitos banhos acompanhado?

Ele riu.

— Responda, quantas mulheres estiveram nesta banheira antes de mim?

— Não muitas, reformei o banheiro há pouco tempo...

— Babaca...

— É verdade, esta banheira só tem alguns meses, e você é a primeira.

— Falando sério, quando terminou sua última história?

— Nem sei se posso defini-la como uma história, mas já faz mais de um ano.

— Você alguma vez já se apaixonou de verdade?

— Claro que me apaixonei, não sou um extraterrestre!

— E o que aconteceu?

— Nada, as histórias acabam.

— Quanto durou?

— Dois anos.

— Desde então, você nunca mais sentiu necessidade de ficar com uma mulher de uma maneira íntima? Nunca se sente sozinho? Não tem medo de envelhecer sozinho?

— Já sou velho — respondeu e começou a rir.

— Você só tem três anos a mais do que eu. Está dizendo que eu sou velha?

— Três anos é muito.

— Como você se vê daqui a alguns anos? Sempre sozinho ou com uma mulher?

"Diga que você se vê comigo daqui a alguns anos", pensei.

— Tenho um monte de imagens que me agradam em que estou com uma mulher, situações bonitas de se viver junto, mas sei que eu não seria capaz. Em minha cabeça, são perfeitas, como todas as fantasias, mas, na verdade, nunca são assim, e sei que a culpa é minha. Gosto de imaginar uma bela história de amor. Depois, quando a estou vivendo, minha pior parte aflora. Um relacionamento a dois me piora.

— Talvez seja a ideia de casal que você tem em mente que está errada. Talvez você tenha referências pouco felizes. Seus pais se amavam?

— Acho que sim. Meu pai estava sempre viajando a trabalho, eu o via pouco quando criança. Eu e meu irmão ficávamos tímidos diante dele. Acho que meus pais se amavam à maneira deles. Minha mãe não via a hora de que ele voltasse, mas, quando ele estava em casa, ela dava a impressão de querer apenas vê-lo partir novamente. Ela era diferente quando ele estava em casa. Eu sentia falta de meu pai, mas era melhor quando estávamos só nós três. Brincávamos mais, ficávamos todos mais tranquilos. De qualquer forma, acredito que isso não tem nada a ver com meus relacionamentos. Acho simplesmente que não sou capaz de vivenciar uma história à altura de minhas fantasias. Enquanto isso, convivo com minhas imagens.

— E quais são essas imagens?

— São iguais às de todo mundo, acho.

— Vamos, pare de fazer essa cara tímida e envergonhada, porque eu não caio nessa, e trate de me contar alguma.

Ele pôs novamente os óculos escuros.

— Nada muito original. Acho incrível como tudo muda quando você encontra a pessoa que ama. É incrível a rapidez com que aquela pessoa se torna suficiente para você. Você se sente envolvido e aquecido ao pensar nela, tudo se torna mais leve, mesmo quando você está no trabalho, são quatro e vinte da tarde e chove lá fora. Você está no carro, na estrada, cansado, sua roupa é incômoda, mas é só pensar nela e você sorri um pouco. Depois, você se olha no retrovisor para ver se está bem para ela. Manda mensagens e, se ela não responde logo, é porque está em uma reunião ou não ouviu, nunca porque não está com vontade. É sábado à noite, você a vê e pensa que tem sorte, porque, por dois dias inteiros, ela é sua. É sua no café da manhã, depois do almoço na cama, enquanto você tenta assistir a um filme. Ela diz que, na terça-feira à noite, está a fim de cozinhar e vai esperar por você em casa, às nove. Às oito e quarenta e cinco, você está subindo a escada da casa dela de dois em dois degraus. Ao entrar, o cheiro já está delicioso, e você não tem palavras para dizer a si mesmo como está feliz. Sozinho no banheiro, você se olha no espelho e se parabeniza pela beleza dela.

— Você não é normal. Dá para ver por que depois você fica decepcionado com a realidade.

— Não é porque as coisas não correspondem ao que imaginei. Sou eu que não estou tão tranquilo e apaixonado enquanto subo aquelas escadas. Imagino um homem capaz de amar e de se deixar amar, mas eu não sou assim.

— Acho que, se você ama a si mesmo, aprende a amar.

— Eu não aprendo, ao que parece, ou pelo menos ainda não aprendi.

— Quando você amar de verdade, vai acontecer.

— Eu sei.

Ele espirrou água em cima de mim.

— Quer ouvir outras fantasias?

Eu disse que sim, porque ele me parecia um pouco constrangido e eu não queria que ele se sentisse desconfortável.

— Minhas fantasias a respeito da vida a dois são quase todas ambientadas entre o fim de setembro e os primeiros dias de novembro.

— Por quê?

— Não sei, é assim. Outubro... Eu me vejo de suéter e paletó, circulando pelas ruas de mãos dadas com ela. Domingo, vamos comer raviόli de abóbora em Mântua ou tagliatelle em Bolonha, em um restaurante que conheço há anos. Depois, à noite, voltamos para casa de carro, e, na altura de Módena, começa a chover, e as luzes dos carros à nossa frente parecem ter se espatifado no para-brisa por causa da chuva. No carro, está tudo escuro, com exceção da luz do rádio, que está tocando um

CD maravilhoso. Dirijo somente com a mão esquerda, porque, com a direita, estou segurando a mão dela. Eu gostaria de abaixar um pouco o volume do rádio, mas não quero soltar a mão dela. Vejo-me durante os fins de semana nas capitais europeias, em hotéis finos: saunas, banho turco, spa. Por volta das cinco da tarde, entramos em um café para comer uma fatia de torta de maçã com canela e tomar um chá quente. Vejo-nos bebendo vinho diante da lareira, ficamos juntos até sem sexo, porque, às vezes, estamos bem assim. Vejo-nos em casa, cozinhando juntos e assistindo a um filme, ou então cada um lendo o próprio livro no sofá.

"Gosto de todas essas fantasias. Mas, quando tive a oportunidade de ficar com uma mulher, não fui capaz de realizá-las. Quando estou com uma mulher, depois de certo tempo, sonho ir sozinho à Califórnia, alugar um carro e dirigir horas com o vento nos cabelos.

"Quando estou com uma mulher, sonho com a liberdade. Quando estou livre, sonho com o amor. Até eu aprender a me sentir livre dentro de um relacionamento, vai ser difícil para mim. Sempre acho que, um dia, tudo vai mudar em um instante. Sei que as coisas que eu disse não têm a menor importância. São apenas defesas, respostas provisórias que não vão durar muito. Um dia, serão insuficientes, então vou decidir se devo encontrar outras ou me render. Há algo de não resolvido que não me permite viver tranquilamente como estou. Fujo sempre, por entre as lembranças do passado e o futuro que imagino. Só estou presente no sexo, é o único momento em que vivo o próprio instante. Eu sei, sou banal, mas, por enquanto, este apartamento é minha medida. Quando você entra por aquela porta, eu estou aqui, presente e pronto para amar. Fora, não sou capaz.

— Em que sentido?

— Acho maravilhoso quando duas pessoas conseguem estar bem juntas sem se apaixonar. Quando se apaixonam, porém, começam a dizer que se amam ou a usar a expressão "para sempre", e é como se, naquele momento, começasse a aterrissagem. Como se a frase "Eu te amo" fosse o começo do fim. Talvez eu esteja exagerando... É um assunto que ultimamente me deixa muito confuso.

Enquanto ele dizia essas coisas, era meigo, frágil e adorável em sua honestidade.

— Você está sorrindo, porque também não acredita na última coisa que disse, não é? — comentei.

— Talvez não.

— Então, por que disse?

— Assim, você me contesta com algo inteligente e me tranquiliza.

— De jeito nenhum, você que se vire.

Agora, era eu que sorria.

— Então, vou me afogar na banheira.

— Está vendo? No fim, você faz uma piada a respeito de tudo e se salva.

— Um dia, eu paro de fugir, e minha ironia vai deixar de ser uma defesa. Será somente uma qualidade, porque, objetivamente, sou muito simpático — disse ele com um sorriso aberto.

Eu também ri.

— Mas, a nosso respeito, você teve fantasias?

— Desde o momento em que vi você pela primeira vez.

— E que fantasias eram?

— As que estamos vivendo.

— E com minhas colegas?

— Não. Com elas, não.

— Elas são mais bonitas que eu.

— Discordo. E você tem algo que elas não têm.

— O que é? Vamos ver.

— Algo inexplicável, mas perceptível. Algo que faz de você uma fêmea, como se, sem saber, você carregasse no corpo o cheiro sedutor do pecado original. Por uma mulher como você, eu arrancaria todas as maçãs da árvore, mesmo que Deus não me perdoasse. Você me faz lembrar das corridas de bicicleta em volta de casa que eu fazia quando menino.

— Nunca ninguém me disse isso.

— Também é a primeira que sinto algo assim. De qualquer maneira, a questão é que ainda não aprendi a amar com tranquilidade, e não me vanglorio disso.

— Você vai ver que, quando chegar o momento, vai acontecer.

Dizendo essas palavras, percebi que eu estava pensando em nós dois. Naquele momento, perguntei a mim mesma por que um homem como ele, tão capaz de falar com uma mulher, de expor livremente os próprios limites e contradições, não era capaz de ter um relacionamento estável.

Ele havia apoiado a cabeça na borda da banheira e, ainda de óculos escuros, olhava para o teto. Senti o instinto de abraçá-lo com força e não o soltar mais, mas não fiz nada disso, porque fiquei com medo de que ele estivesse sonhando com a Califórnia.

25 de junho

Hoje à tarde, fui ao banheiro e tirei uma foto sexy. Depois, enviei-a para ele com uma mensagem: "Assim você não se esquece de nós."

"Adoro você. Agora, quero outra."

Tirei mais uma, e ele respondeu: "Já volto, sinto sua falta. Agora, preciso continuar esta reunião excitado."

Começou uma troca intensa de mensagens. "Neste momento, você não sabe o que eu faria com você."

"Escreva."

"Prefiro mostrar quando nos encontrarmos." Eu tinha vergonha de escrever o que havia pensado.

"Uma dica?"

O fato de saber que posso excitá-lo faz com que eu me sinta poderosa. Entrei no jogo e mandei outra mensagem.

Sua resposta foi: "Assim você me enlouquece. Reunião impraticável, não consigo raciocinar. O sangue não chega ao cérebro."

"Muito bem, me parece uma boa notícia."

"Você passa lá em casa hoje à noite? Quando você me manda fotos, não consigo esperar."

"Não vai dar. Você não sabe como eu gostaria."

"Vou ter que me virar sozinho, que desperdício! Tchau, até amanhã."

Naquela noite, em casa, entendi que, mesmo continuando a brincar como das primeiras vezes, para mim não era mais apenas uma questão de sexo. Sempre dissemos tudo livremente um para o outro. Por isso, decidi que, no dia seguinte, falaria com ele.

Quando fui à sua casa, o efeito das fotografias ainda estava vivo, e aquela espera desaguou na paixão que eu havia aprendido a sentir. Todavia, a lembrança mais vívida daquele encontro não foi o modo como transamos, mas o que aconteceu em seguida.

No banheiro, não havia toalhas. Então, abri o armário para procurar uma, mas minha atenção foi capturada por uma nécessaire feminina ao lado da pilha de toalhas. Meu coração parou. Eu não sabia o que fazer. Fiquei imóvel, com a porta do armário aberta. Eu não sabia se abria para ver o conteúdo. Talvez fossem coisas dele, talvez houvesse uma explicação diferente da que eu estava imaginando, talvez estivesse ali havia muito tempo, esquecida por uma mulher. Olhei meu reflexo no espelho, peguei a toalha, fechei a porta do armário e me sentei. Naquele momento, entendi como eu era frágil. Fiquei sentada alguns minutos, tentando resistir à tentação de abrir a nécessaire.

De repente, ouvi a voz dele detrás da porta do banheiro:

— Sempre sem açúcar e com uma gota de leite, não é?

— Sim, obrigada... Já estou indo.

Levantei-me e olhei-me no espelho: eu não conhecia aquele rosto. Procurei disfarçá-lo, porque não queria que ele me visse daquela maneira. Decidi que não diria nada. Quando entrei na cozinha, ele me estendeu sorrindo a taça de café. Não fazia ideia do choque que eu acabara de sentir no banheiro.

— Está tudo bem? Você está com uma cara estranha, pálida.

— Não, tudo bem.

— Tem certeza? O que foi?

Senti a tentação de falar, de perguntar sobre a nécessaire, e ouvi-lo dizer que eu havia entendido tudo errado, que, no fim das contas, havia uma explicação. Mas eu disse apenas:

— Nada, minha menstruação veio antes do tempo. É melhor eu voltar para casa. Estou sem absorventes.

— Posso ajudar de alguma forma?

— Não, tudo bem. Vou embora, sinto muito. Ah, abri o armário para pegar toalhas.

Olhei direto em seus olhos para captar uma expressão de constrangimento em seu rosto, mas não aconteceu nada.

— Você pode me dar um copo-d'água?

Enquanto ele servia a água, peguei minha bolsa. Eu precisava sair logo daquele apartamento, não estava me sentindo bem. Bebi e fui embora com um peso no coração. Em vez de descer, o elevador parecia cair no vazio.

27 de junho

Errei ao não abrir aquela nécessaire. Agora, pelo menos, eu saberia o que tinha lá dentro. Há outras mulheres na vida dele? Esta pergunta me tortura. Por que dói tanto? Eu é que sou casada, não tenho direito algum de pretender uma relação exclusiva, não estou nem nunca estive em posição de indagar. No entanto, a curiosidade cresce a cada minuto. É como se eu estivesse perdendo o controle, a serenidade que eu acreditava ter conquistado. Se existem outras mulheres, quero saber que relação ele tem com elas. Transa com todas como transa comigo? Brinca assim com todas? São mulheres com quem tem relações desde antes de me conhecer ou as encontrou depois?

São duas horas da manhã, e não consigo pegar no sono. Vim para a cozinha escrever. Tenho medo, medo de que tudo acabe, de que ele não seja como sempre imaginei. Tenho medo de que ele se envolva com outra mulher e a prefira a mim.

Paolo acabou de ir ao banheiro e, antes de voltar para a cama, passou pela cozinha. Murmurou alguma coisa sobre o fato de eu manter um diário como uma garotinha, me lembrou de apagar as luzes e foi se deitar.

Queria pará-lo, fazê-lo sentar e então confessar tudo. Dizer aonde vou quando chego tarde para jantar. Contar onde passo as horas de almoço, para onde corro quando saio mais cedo do escritório. Gostaria de apresentar a mulher que está na frente dele. Gostaria de olhar fundo em seus olhos e perguntar por que me deixou sozinha durante esses anos. "Veja como estou agora."

27 de junho

Esta noite, quando fechei o diário e fui dormir, passavam das três. Foi difícil pegar no sono e, hoje de manhã, quando o despertador tocou, tive a sensação de ter dormido somente alguns minutos. Estou transtornada.

Acabei de brigar com Paolo. Já não o suporto mais. Não suporto seu jeito de falar, de andar, o barulho que ele faz com os chinelos. Até seu cheiro me enerva. Hoje, ele estava irritado, porque a mãe deu dinheiro ao irmão dele para abrir um negócio. Reclamava por ela ter usado o dinheiro do fundo de garantia do marido.

— Simone sempre diz que minha mãe não entende porra nenhuma, mas, quando precisa de dinheiro, vai pedir a ela.

Nem sequer respondi. Deixei que ele se queixasse sozinho.

Pensei por muito tempo na história da nécessaire e decidi que quero saber se existem outras mulheres na vida dele. Tenho esse direito. Ele sabe que sou casada, conhece minha situação, e acho justo que eu conheça a sua. Aliás, desde que comecei a me encontrar com ele, não transo mais com Paolo. Foi uma escolha minha. O homem provavelmente nem teria visto a coisa como uma traição, mas eu, sim.

Não sei por que nunca perguntei seriamente se existem outras mulheres. Talvez, inconscientemente, eu não quisesse descobrir que não sou a única, pois, assim, viveria meu sonho como eu desejava. Por mais que um sonho seja bonito, mais cedo ou mais tarde, acordamos.

Esta manhã, escrevi para ele: "Se você puder, nos vemos amanhã depois do trabalho. Queria conversar."

Fui à casa dele munida de meus argumentos. No carro, ao dirigir, repeti mil vezes os discursos que eu ruminava havia horas. Estava tudo claro, eu sabia o que devia fazer, dizer ou, eventualmente, rebater, pois já havia vivido aquele encontro em minha cabeça e até imaginado as respostas que ele daria. Estava me sentindo decidida e segura.

Entrei na casa dele e, em poucos segundos, todas as minhas certezas desmoronaram uma após a outra. O cheiro daquela casa, o sorriso, o olhar, o beijo lento e longo daquele homem. Seu abraço. Eu não sabia mais nada. Não fui capaz de salvar nenhuma das palavras que havia preparado, as poucas das quais eu me lembrava eram retalhos de discursos que perderam a força. Nem aquelas fui capaz de pronunciar: naquele momento, eu estava tão bem que não queria estragar tudo com minhas inseguranças. Era bonito demais. Eu não havia esquecido os riscos que estava correndo. Simplesmente, bastou o cheiro da respiração dele para vencer tudo. Depois do primeiro beijo, depois de ter sentido suas mãos sobre mim, pensei que deixaria para falar da próxima vez e aproveitaria o que estava sentindo. Todavia, a tentação de abrir aquela nécessaire continuava viva. A curiosidade era grande demais, incontrolável. Fui ao banheiro. Eu queria descobrir o que havia ali dentro e talvez conseguir entender quem ele era. Eu sei, certas coisas não devem ser feitas. Sempre critiquei quem controla o celular do próprio companheiro, mas algo havia tomado conta de mim. Eu não conseguia me conter. Tranquei a porta do banheiro e me olhei no espelho. Queria ver meu rosto enquanto contradizia meus princípios. Abri o armário. O sangue congelou em minhas veias: a nécessaire não estava mais lá. Verifiquei atrás das toalhas e do barbeador elétrico. Afastei os remédios, os cremes, tudo. Nada, tinha sumido.

"O que faço agora?", pensei. "Volto para lá e pergunto onde está a nécessaire? Digo que, da outra vez, estava aqui e agora não está mais? Ele vai achar que sou louca, uma mulher que, quando se fecha no banheiro, faz o inventário do que há lá dentro."

Olhei novamente para meu reflexo no espelho: eu estava mal, pior do que da vez anterior. Mil hipóteses, mil pensamentos enchiam minha cabeça. Talvez a dona tivesse passado lá e levado a nécessaire embora. Ou, então, ele entendera que eu a vira e a fizera desaparecer. Quando voltei ao quarto, ele me perguntou:

— Você não queria falar comigo?

— Queria, mas não era nada de importante. Desculpe, mas preciso mesmo ir embora.

1º de julho

Não consigo tirar da cabeça a imagem dele com outras mulheres. Na noite em que fui jantar com minhas amigas e ele não respondeu minhas mensagens, imaginei que estivesse transando com outra. Aquele pensamento me excitou. Desta vez, porém, é diferente. Sinto-me excluída, fraca e vulnerável. Não consigo aceitar que ele possa brincar com outra como faz comigo, que possa ter com ela uma intimidade e uma cumplicidade semelhantes às nossas.

Uma vez, ele me disse:

— Do momento em que você entra por aquela porta até o momento em que sai, eu sou seu homem e você é minha mulher. Preciso saber disso para poder me divertir com você. Você aceita?

Aceitei. Agora, não sei mais se o faria novamente.

4 de julho

Todo esse medo não se deve apenas ao ciúme por ter encontrado aquela nécessaire, mas, sobretudo, ao que experimentei: entender até que ponto estou mergulhada nesta história. É como se eu tivesse despertado de um longo sono, como se tivesse vivido suspensa em uma dimensão abstrata, como se tudo tivesse acontecido fora de minha vida. Fui catapultada para a realidade, estou mergulhada nela até o pescoço e não tomei nenhuma precaução. A diferença é que, agora, a realidade de minha vida também o contém. A esta altura, ele é real. Escrevi que talvez tivesse me apaixonado. Agora, não tenho mais dúvidas. Ver aquela nécessaire, imaginá-lo com outra mulher e saber que posso perdê-lo foram coisas que me colocaram diante das evidências. Sei que isso não deveria ter acontecido, mas como não se apaixonar por um homem quando você se enxerga tão linda em seus olhos? Eu não poderia abrir mão dele nem parar de vê-lo. Se quiser me salvar, preciso me esforçar para recuar um passo. Eu deveria ter entendido logo essas coisas, pensado nisso desde o início, mas estava distraída demais pelo prazer e pela euforia. Preciso dar um jeito nisso. Encontrar uma solução. Não posso falar nem mesmo com Carla, que me diria que errei e construí estranhas fantasias. Não quero ouvir o "eu avisei".

Nunca me senti tão sozinha e estou assustada demais para ter raiva de mim mesma. Não tenho medo de outra mulher, mas do que sinto por ele. De qualquer maneira, com elas, ele não deve jogar os nossos jogos.

6 de julho

Preciso parar de me deixar levar por esta história, preciso ficar mais atenta. Espero que não seja como no início: quanto mais eu me afastava dele, mais pensava nele. Nunca consegui manter distância, mesmo nos primeiros dias, quando eu tentava racionalizar nosso encontro.

Por que me deixei levar assim e não tive força para dizer não? Porque eu não tinha mais forças. Estava cansada de mentir para mim mesma. Cansada de sempre ir atrás do que era certo. Pela primeira vez na vida, aceitei dar um salto no escuro, fazer algo perigoso. Tive coragem de trair as expectativas. Esqueci por um instante a ideia profundamente arraigada que eu tinha de mim mesma. Desabrochei sob o calor das mãos dele, de suas atenções. Entrei por aquela porta porque quis ser uma mulher diferente, diferente de mim mesma. Agora, preciso recuar um pouco, embora não seja fácil, porque me sinto bem com ele. Não devo procurá-lo, devo resistir, para ver quanto tempo vai se passar antes que ele me procure e para que eu possa entender até que ponto estou presente em sua vida.

Paolo tem razão: às vezes, sou mesmo uma garotinha.

Naqueles dias, eu havia perdido completamente o sentido das coisas. Procurava pôr em prática estratégias que, eu achava, poderiam me ajudar a me livrar dos medos. Certa manhã, o homem me mandou uma mensagem, perguntando se podíamos nos encontrar no dia seguinte.

Não respondi imediatamente, queria fazê-lo sofrer. Deixei que passassem algumas horas. Depois, escrevi: "Não, amanhã não posso."

"Hoje à noite? Jantar? Depois do jantar?"

"Muito em cima da hora. Eu não saberia o que inventar."

"Ok." Eu já estava arrependida.

Depois de uma hora, outra mensagem dele: "Depois de amanhã, pela manhã, antes de ir para o escritório?"

Senti a tentação de aceitar, mas, ao vê-lo tão insistente, entendi que minha tática estava funcionando. Eu precisava encontrar forças para continuar a recusar. Não era o que eu queria, mas um pouco de estratégia não faria mal.

"Sinto muito, mas, nos próximos dias, será impossível. Você não sabe como eu gostaria."

Eu estava para enviar essa mensagem quando decidi apagar a última parte. Queria jogar duro.

"Sinto muito, mas, nos próximos dias, será realmente impossível."

"Tudo bem. Desculpe se insisti, mas é só porque vou viajar e ficar um tempo fora. Beijo."

Ao ler aquelas palavras, me senti mal. "Como assim vai viajar? Como vai ficar um tempo fora? Não o vejo há quatro dias e já estou enlouquecendo. E agora, o que vou fazer? Parabéns por minhas estratégias."

Escrevi imediatamente: "Você vai viajar?"

"Vou passar duas semanas na casa de meu irmão. Antes de ir, eu queria beijar você. Por toda parte."

"Por que você não me disse logo?"

"O que isso muda? Se você não pode, não pode... Ou não quer?"

"Por que está me perguntando isso?"

"Estou achando você distante."

Eu odiava ser um livro aberto para ele, odiava a sensação de que ele entendia todos os meus estados de espírito, meus pensamentos, minhas perturbações. Às vezes, até antecipava meus pedidos, como se entendesse mais do que eu minhas necessidades.

"Por que distante?"

"Caso algo tenha mudado, eu gostaria de saber se é o que você sente ou o resultado de alguma reflexão que você andou fazendo. Se alguma coisa mudou, acho que é justo que você me diga."

Não consegui dizer a verdade, me escondi atrás da mesma desculpa que usei por anos com Paolo.

"Nada mudou. Estou terminando um projeto e tenho prazos de entrega. Você sabe como são essas coisas."

"De qualquer forma, é uma pena."

Eu não podia voltar atrás, mas a ideia de não o ver por duas semanas estava me matando. Naquela noite, depois de ter jantado com Paolo, fui ao banheiro e enviei uma mensagem para ele.

"Consegui dar um jeito. Posso amanhã à noite. Diga a hora."

Ele nunca respondia quando era tarde, esperava o dia seguinte, por volta das oito e meia, quando sabia que eu certamente estaria sozinha. Naquela noite, fui para a cama com raiva de mim mesma.

10 de julho

"Como não podíamos nos encontrar, antecipei a partida. Sinto muito. Se eu pudesse, voltaria atrás."

Essa foi a mensagem que recebi hoje de manhã, enquanto estava indo trabalhar. Eu teria dado a volta com o carro e ido atrás dele na Toscana de tanto que o desejo.

Hoje foi um dia ruim. Depois da mensagem, tudo ficou difícil. Mas acho que sua ausência é uma boa oportunidade: posso aproveitar esses dias para me afastar. Gostaria de voltar a ser como no início, quando eu conseguia pegar todas as coisas boas de nossos encontros sem pedir nada além. Eu gostava de sair por aquela porta e voltar para casa. Nas primeiras vezes, quando eu ia embora do apartamento dele, eu tinha a sensação de estar mais jovem, mais em contato comigo mesma. Estava sozinha com aquela parte de mim que havia aflorado novamente e que nem ele podia ver. Naquele momento, eu respirava, dirigia, cantava, e o ar fresco entrava pela janela apenas para mim.

Naquelas primeiras vezes, eu vivenciava somente o prazer e a alegria do momento. Não tinha perspectivas para um futuro imaginado ou projetado, importava-me apenas com o presente sem me preocupar com o depois. Meu velho futuro não existia mais e, com ele, ainda não havia imaginado outro: quando eu sentia saudade, pegava emprestado o dele. Por não ter mais projetos, sonhos, desejos, eu passeava pelos dele.

Por que me deixei envolver assim? Será que ele sabe o quanto se tornou importante em minha vida? Se esta história terminasse, eu sofreria... Gostaria de saber se ele também.

13 de julho

Hoje, também, nenhuma mensagem, nenhum telefonema. Não aguento mais, sinto-me prisioneira, e a responsabilidade é toda minha. Temo que ele tenha entendido que estou tentando me afastar. Eu preferiria que ele pouco se lixasse para o que quero. O fato de não ser procurada faz com que eu pense que não sou tão importante para ele. Nenhum esforço por parte dele, nenhum telefonema para me convencer de que estou errando. Até parece que não me ver é justamente o que ele quer. Não entendo se ele não sente nada ou se domina os próprios sentimentos.

Hoje, no escritório, foi difícil. Parecia que estavam fazendo de propósito: falando de futuros projetos, mencionaram o nome dele três vezes. Eu me sentia perseguida, tinha medo de que alguém notasse meu constrangimento. Toda vez que eu ouvia aquele nome, sentia um aperto no coração. Toda vez que o pronunciavam, Federica me olhava. Claro que ela sabia de tudo, só me pergunto como descobriu. Talvez eu pudesse conversar com ela.

17 de julho

Não tenho mais tanta certeza de querer recuar. Estou me convencendo de que deveria parar de ter medo e de elaborar estratégias. Eu deveria simplesmente viver esta história e parar de querer sempre entender. Quero vê-lo. Ele habita constantemente meu corpo e minha mente. Sinto seus beijos em meus lábios. Sinto seu cheiro. Nenhuma distância jamais o afasta realmente de mim. À noite, adormeço sempre pensando nele. Faz mais de uma semana que não o vejo.

Esqueço tudo e penso só nele enquanto passeio, enquanto como, enquanto trabalho, enquanto calço os sapatos, enquanto pago as compras no caixa do supermercado e erro a senha do cartão.

Talvez eu não seja capaz de administrar e aceitar tanta beleza. Esse conceito ficou longe de minha vida por tantos anos que, agora, não sou capaz de vivenciá-lo, não sou capaz de desfrutá-lo... Eu deveria ser mais corajosa. Embora seja perigoso, não consigo abrir mão, porque é mais forte do que eu. É impossível querer se privar da felicidade, isso só é viável quando você nunca a conheceu. Agora, eu gostaria de dançar diante dos olhos dele, para mim e para ele. Se houver um preço, estou pronta a pagá-lo. Ninguém me obrigou a nada, a responsabilidade é somente minha.

Depois de certo tempo, não aguentei mais e liguei para ele.

— Oi, como vai?

— Bem, feliz por ouvir sua voz.

"Se queria ouvi-la, por que não me procurou?", eu gostaria de ter dito.

— Você sumiu.

— Você disse que estava ocupada, fiquei esperando que você me ligasse. Agora que ligou, estou contente. Quero ver você.

— Eu também. Quando você volta?

— Daqui a uma semana. As obras aqui parecem infinitas.

— Cansado?

— Morto. Hoje à noite, até me convidaram para a despedida de solteiro de um amigo que mora aqui. Será o golpe final. Não tenho mais idade para certas coisas.

— Despedida de solteiro com strip-tease?

— Não, acho que é só um jantar normal.

— Talvez, no fim da noite, alguma mulher tire a roupa de um jeito ou de outro.

— Talvez.

Notei que ele estava rindo, depois acrescentou:

— Não vejo a hora de voltar.

Eu estava feliz por senti-lo próximo novamente. Todo o peso dos últimos dias havia desaparecido. Logo me senti leve, feliz e tola por ter pensado tudo aquilo.

— Gostaria de passar um dia com você, como naquele domingo. Quero carinho, quero ficar em seus braços, mesmo sem transar.

— Por que sem transar?

— Não, eu queria dizer que não precisamos obrigatoriamente de sexo.

Eu não sabia por que havia dito uma frase tão tola, mas era o que eu estava sentindo naqueles dias.

— Quando nos encontrarmos da próxima vez, decidiremos se haverá sexo ou não, mas acho que já sei o que vou querer — disse ele, em tom irônico.

Rimos muito.

No meio do dia, senti vontade de dar um passeio e fui ao Centro olhar vitrines. Eu o procurava entre as pessoas, tinha a impressão de vê-lo, sentia suas mãos encostando em mim no meio da multidão. Pensando nele, entrei em uma loja para comprar algo. Eu estava feliz por passear segurando aquela bolsa elegante, com as alças de tecido. Sou superficial, eu sei, mas descobri que também gosto de ser assim. Quando cheguei em casa, tomei um banho. Naquela noite, Paolo ia voltar tarde, então, preparei o jantar com calma.

Enquanto estava cozinhando, mandei uma mensagem: "Divirta-se hoje à noite, mas não exagere. Saudades. Beijo." Depois, fiquei checando o telefone. Ele não respondia. Mandei outra mensagem: "Onde você se meteu? Estou em casa e vou ficar sozinha por mais uma hora. Ligue, se quiser."

A hora passou. Paolo voltou, e ele não havia respondido. Durante o jantar, eu pensava na despedida de solteiro e o imaginava trocando olhares e sorrisos com outras mulheres, como ele havia feito comigo em Londres. Fiquei com raiva. Paolo falava comigo, mas eu não o ouvia, estava em outro lugar.

— De alguma forma, esse trabalho está acabando com você — disse ele em determinado momento.

— Como assim?

— Nada. Só que, ultimamente, você está sempre distraída, cansada, fala pouco. Era melhor quando você trabalhava menos... Você não ganhava tanto, mas estava mais presente.

— Talvez você tenha razão.

— Claro que tenho razão.

Fui ao banheiro. Ao passar pela sala, peguei o celular e logo vi que não havia mensagens. No banheiro, tentei entender por que ele não respondia: visto o horário, ele não se arriscava a me mandar mensagens. Escrevi: "Coloquei o celular no *modo vibratório.* Se quiser, pode escrever. Saudade." Depois de uma hora, ele ainda não tinha respondido. "Porém", eu pensava, "antes de se sentar para jantar, antes de deixar o celular no paletó, ele deve ter dado uma olhada." Depois de esperar um pouco, liguei para ver se o telefone dele estava desligado... Talvez não pegasse no restaurante. O celular tocou. Fui novamente tomada por uma ansiedade incontrolável.

— Faz uma hora que você está arrumando a cozinha... Isso é hora de passar pano? Não dá para esperar a faxineira amanhã? — disse Paolo, irritado.

— Quero passar o pano eu mesma, e agora — respondi, agressiva. — Você pode continuar a ver televisão como de costume e não se preocupe comigo.

— Como quiser.

Quando terminei de arrumar tudo, fui para o quarto escrever. Eu continuava a observar o telefone, era quase meia-noite. Mais cedo ou mais tarde, ele sairia daquele restaurante e checaria o celular. Tinha que me responder alguma coisa.

18 de julho, 3 horas da madrugada

Ele se cansou de mim? De nós? Do nosso jogo?

Não preguei os olhos, não me acalmei. Antes, me levantei da cama e fui ao banheiro com o telefone. Nenhuma resposta.

Eu o bombardeei de mensagens.

01:48

"Ainda estou acordada. Você está aí?"

Nada ainda.

Enquanto Paolo dorme e só uma porta fechada nos separa, tiro algumas fotos eróticas, daquelas que ele gosta. E as envio.

02:03

"Não está mais a fim das nossas brincadeiras?"

Continuo sem receber resposta alguma; ligo novamente. A ligação se completa e deixo o telefone tocar várias vezes. Fico com medo de que Paolo possa me ouvir, mas não corro esse risco, porque ele não atende.

02:20

"Responda a qualquer hora. Estou ficando preocupada."

02:51

"Diga que está bem, nem que seja só um 'Ok'. Senão, não consigo dormir."

03:03

"Fiz alguma coisa? Por que você não responde?"

Naquela noite, a ansiedade e a agitação me obscureciam completamente os pensamentos, perdi o controle. Adormeci por volta das cinco horas e acordei às oito. Olhei imediatamente o telefone: nada, nenhum sinal de vida.

Eu havia pensado em todas as possibilidades: "Ontem à noite, ele já estava dormindo, mas, nesse caso, a esta hora, já estaria acordado e teria respondido"; "Ontem à noite, chegou muito tarde, estava bêbado, pegou no sono vestido e não olhou o celular"; "Foi para casa com uma mulher que conheceu na festa"; "Perdeu o telefone"; "Roubaram o celular dele no restaurante".

Por volta de meio-dia, saí para dar um passeio e liguei novamente para ele. Daquela vez, inesperadamente, ele respondeu após alguns toques e me pegou despreparada.

— Alô.

Tentei ficar calma e não deixar minha agitação e minha raiva por causa de seu silêncio transparecerem.

— Oi... Como vai?

— Bem.

— E as obras?

— Prosseguem.

— E a festa, como foi?

— Tudo bem.

— Vocês se divertiram?

— Sim.

— Beberam muito?

— Um pouco... Eu, nem tanto.

— Está cansado? Chegou tarde?

— Estou cansado, mas não cheguei muito tarde. Depois de um tempo, voltei para casa.

Aquela conversa estava ficando difícil para mim. Parecia uma entrevista de mão única.

— Estou achando você estranho... Tem certeza de que está tudo bem?

— Tenho, estou bem.

— Está com raiva?

— Não.

— O que foi então?

— Nada.

— Não é verdade. Você está frio, distante, não fala, responde com monossílabos.

— Não estou com raiva, é só que não gosto de receber mil ligações e mil mensagens. Se não respondo é porque, naquele momento, não posso. Quando pego o telefone e encontro uma mensagem ou uma ligação não atendida, retorno. Não adianta mandar mil.

— Desculpe. Fiquei muito preocupada. Você desapareceu. Pensei que tivesse acontecido algo ruim.

— Preocupada por quê? Eu disse que tinha um monte de coisas a fazer e que ia a uma festa.

— Era só escrever que estava tudo bem e que nos falaríamos em outro momento. Não precisava muito, era só não desaparecer daquele jeito.

— Não desapareci. É que não estou acostumado com marcação cerrada.

— Sinto muito se você se sentiu assim, não era o que eu queria.

Silêncio do outro lado.

— Ouça, sinto muito mesmo. Não era minha intenção ser invasiva ou fazer marcação cerrada, como você disse. Só estava com vontade de ouvir sua voz.

— Elena, alguma coisa mudou entre nós?

Daquela vez, fui eu que fiz uma pausa silenciosa. Eu não podia dizer a verdade por telefone, dizer que eu tinha passado do limite. Então, menti novamente:

— Não, não mudou nada. Só queria escutar sua voz e saber como você estava. Depois, comecei a ficar preocupada. Talvez eu tenha exagerado, porque quero ver você e fiquei chateada por não ter conseguido me despedir.

— Entendi. Vamos mudar de assunto.

— Está com vontade de me ver ou, com tudo isso, passou?

— Quero ver você, mas agora não posso. Quando eu voltar, nos encontramos.

— Assim que você me chamar, eu vou, mesmo que precise pedir demissão.

Entendi, pelo telefone, que o fiz sorrir.

— Tudo bem, mas agora preciso ir. A gente se fala depois. Tchau.

— Tchau, até mais.

18 de julho, 14 horas

Continuo a repetir para mim mesma as palavras dele e tento lembrar o tom, a duração das pausas e medir cada nuance. Cada vez que as repito, elas assumem diferentes significados.

Devo ter cuidado ou corro o risco de estragar tudo. Não sou mais capaz de administrar esse relacionamento. Parece que tudo o que faço e digo está errado, e, quanto mais procuro consertar, mais pioro a situação. Não tenho mais certeza de nada. Ainda gostaria de lhe pedir desculpas, dizer que sinto muito por ter me comportado daquela maneira. Gostaria de dizer que menti mais de uma vez em poucos dias, coisa que nunca havia acontecido antes. As mensagens certamente não ajudam a comunicar, porque podem ser lidas com diferentes interpretações. Às vezes, nem falar ao telefone é suficiente, não dá para ver as expressões. Se ele estivesse aqui, à minha frente, eu nem teria de me explicar: ele entenderia em um segundo, como sempre.

E se não for só eu que estou mentindo? Talvez ele esteja com outra mulher, talvez seja aquela com quem transamos juntos. Talvez seja a mulher dele e eu tenha sido apenas um presente para ela. Talvez ele a leve para a Toscana todos os fins de semana, quando sou obrigada a ficar em casa com Paolo. Talvez a nécessaire seja dela. No entanto, naquele domingo em que ficamos juntos o dia todo, ele não recebeu telefonemas estranhos. Isso é mais esquisito ainda.

Minha cabeça está sendo bombardeada por pensamentos, em sua maioria, sem sentido.

Sinto falta dele. Procuro imaginar nosso próximo encontro: entrarei por aquela porta, nos abraçaremos, transaremos e tudo voltará a ser como antes. Não precisaremos nem falar.

Passaram-se duas horas desde o último telefonema. Achei que ele fosse me ligar, talvez não ligue. Devo ficar calma e não deixar que o medo tome conta de mim. Vou dar uma volta.

18 de julho, 17 horas

Passaram-se cinco horas. Durante o passeio, fiquei com o celular na mão o tempo todo, com medo de não o ouvir tocar. Ele não ligou.

Talvez tenha sido gentil ao fim do telefonema apenas para me acalmar e evitar que eu o incomodasse outra vez. A esta altura, não sei mais o que pensar. Ontem à noite, exagerei nas mensagens, mas pedi desculpas.

Então, por que ele não liga?

Mesmo após essas reflexões, não resisti e mandei uma mensagem falsamente despretensiosa: "Como vai? As obras prosseguem bem? Beijo." Depois, voltei a contar os segundos, os minutos, as eternidades. Eu já não podia fazer mais nada, era um xeque-mate. Não podia ligar nem mandar outra mensagem. Restava-me somente esperar.

Dez minutos mais tarde, ele me respondeu: "Sim, tudo bem, obrigado."

Continuava a ser telegráfico como fora no último telefonema, e aquilo aumentava minha ansiedade. Escrevi: "Quando a gente se encontrar, preciso contar uma coisa." Ele não respondeu. Passei duas horas dificílimas, andando dentro de casa feito uma louca, um animal enjaulado. Eu não podia sair outra vez para dar uma volta. Tentei tomar um banho, mas, depois de cinco minutos, saí da banheira: não conseguia relaxar e, imersa na água, me sentia ainda mais sufocada. Finalmente, antes do jantar, ele me mandou uma mensagem: "Está podendo falar?"

"Em dez minutos."

Com a desculpa de que havia esquecido de comprar algumas coisas no supermercado, saí novamente. Liguei para ele.

— Oi.

— Oi. Desculpe se não respondi logo, mas sempre fico agitado quando escrevo para você fora do horário de trabalho e nos fins de semana.

— Sem problema, não é perigoso agora. Se fosse, eu avisaria. Como vão as coisas?

— Bem, acho que conseguimos resolver um problema no teto. Choveu mais cedo, mas felizmente parou logo. O que você fez?

— Nada de interessante, supermercado e outras compras para a casa. Depois, tomei um bom banho relaxante.

— O que você queria me contar?

— Nada, não é importante. Queria me desculpar por ontem à noite.

— Não vamos falar mais nisso, já esclarecemos tudo. Vamos pensar apenas em nosso próximo encontro.

— Quando?

— Não sei, assim que eu puder ir embora daqui.

Naquele momento, sem pensar no que eu estava prestes a dizer, disparei:

— Se você não pode voltar, eu vou até você.

— Em que sentido?

— Como assim, em que sentido? Amanhã de manhã, pego o carro e vou até aí.

— Como você vai fazer isso?

— Não se preocupe, eu me organizo.

Do outro lado, silêncio.

— Não, deixe isso para lá. Isto aqui está uma confusão, e eu nem teria tempo para ficar com você.

— Não tem problema, sou independente. Você faz suas coisas e, de noite, quando tiver terminado, a gente se vê. Posso pedir folga para segunda-feira.

Outro silêncio.

— Desmaiou?

— Não, estava pensando no que você acabou de dizer. Seria legal, mas acho melhor não. A situação não é das melhores.

— Ah...

— É um pouco complicado aqui, estou com meu irmão.

— Você fica sem graça de ser visto com uma mulher? Ou já está com uma e cheguei tarde?

Outro breve silêncio.

— Sim, tem uma mulher: eu a divido com meu irmão e, esta noite, é a vez dele de dormir com ela... Teoricamente, estou livre.

Eu ri.

— Então, estou indo.

— Brincadeiras à parte, gostaria de ver você, mas temos um monte de trabalho a fazer, e eu teria pouquíssimo tempo para ficarmos juntos. Não tem sentido você percorrer todos esses quilômetros. De qualquer maneira, volto daqui a poucos dias, talvez já na quinta-feira.

— Como você quiser, mas não se preocupe por minha causa.

— É melhor que a gente se encontre quinta-feira.

— Tudo bem.

— Tchau, Elena. A gente se fala amanhã, meu irmão está me chamando.

— Tchau.

Naqueles dias, eu estava fazendo tudo errado. Depois desse telefonema, fiquei andando pela casa um pouco agitada. Precisava ficar sozinha para relaxar.

— O que foi, está nervosa? — perguntou Paolo.

— Coisas de trabalho, me deixe em paz.

— É melhor eu nem falar de minha semana. O que vamos levar amanhã para o almoço na casa de minha mãe? Compro a torta de sorvete de sempre ou docinhos? Estou com vontade de comer bombas.

— Compre o que quiser. Amanhã, não vou.

— Como não? Você sabe que, depois, minha mãe fica chateada e começa a me perguntar se você está com raiva dela.

— Azar, deixe que ela fique chateada.

— Vamos, a gente fica pouco tempo, comemos algo rápido e, depois, voltamos para casa. Você sabe que ela faz questão.

— Paolo, sinto muito se sua mãe fica ofendida, embora eu ache que ela não faz muita questão de me ver. De qualquer forma, não vou. Ponto final. Não quero mais brigar.

— Faça o que quiser, não adianta discutir com você. Sinto admitir, mas ela tem razão quando diz que você tem um gênio impossível.

Naquele momento, senti como se um tanque de gasolina tivesse explodido em meu estômago, inflamando meu rosto e o corpo todo. Perdi o controle.

— Paolo, olhe bem na minha cara e escute: estou pouco me lixando para o que sua mãe diz ou pensa. Eu não a suporto, nunca a suportei. Nunca fiquei contente por ir almoçar na casa dela, nem uma vez. Sempre foi um castigo para mim. Ela e todas as suas frases de merda: "Você dá comida para o meu filho? Ele está tão abatido! Tome, querido, coma", "Quantas camadas de massa você usa quando faz lasanha? Você não compra bechamel pronto, compra?", "Por que, em vez de comprar geleia pronta, você não faz? Não é difícil, até você pode fazer. Preparei duas, uma de figo e outra de pêssego". Na maioria das vezes, eu as joguei fora, porque são um nojo. Sim, Paolo, a geleia de figo de sua mãe é um nojo. Sinto muito que você fique ofendido, mas não dá para comer, tem gosto de borracha queimada. Se amanhã eu for à casa de sua mãe, juro que direi tudo isso a ela. Tudo! Que ela manipula você com o sentimento de culpa ou enchendo seu estômago com qualquer alimento que tiver em mãos. E você, na sua idade, ainda não conseguiu dar um basta nisso. Ainda não conseguiu ser tratado como homem, e não como um menino que não é capaz de comprar sozinho uma cueca. Paolo, sua mãe ainda compra suas cuecas! E você nunca se revolta contra nada, nem mesmo contra essa situação que estamos vivendo. Como você consegue fingir que está tudo bem, fingir para não enfrentar as coisas? Não suporto mais nem sua mãe nem o nosso casamento!

Paolo me olhou lívido. Minhas palavras foram como uma ducha fria e inesperada, para mim também. Saíram de minha boca sem que eu nem tivesse tempo de pensar.

— Elena, você enlouqueceu? Não reconheço mais você, o que está acontecendo? Apenas pedi para você ir almoçar na casa de minha mãe...

— Acontece que você não quer entender que, entre nós, está tudo acabado. Você não quer ver como as coisas estão. Finge que ainda nos amamos. Não percebe que não quero mais suas atenções e nem sequer as procuro? Que, se você se aproxima, eu saio de perto? Que, se você tenta me beijar, viro para outro lado? Que homem é você que, diante de uma mulher assim, finge que nada está acontecendo? Paolo, não amo mais você. Isso já tem meses, e estou tentando dizer isso de todas as maneiras. Não diga, como sempre, que é normal, que é uma crise ou, como da última vez, que, em um casal, é "fisiológico".

Eu já não conseguia mais conter nem a raiva nem as palavras. Ele tentou se defender como podia.

— Escute, é culpa sua se chegamos a este ponto. É você quem sempre complica as coisas, quem perde o controle como agora, quem se queixa, quem cria problemas. Certamente, não é culpa minha.

Suas palavras jogaram mais gasolina no fogo.

— Vá se foder, Paolo! Vá se foder! Investi toda a minha vida neste casamento, acreditei nele mais que você, dei tudo o que eu tinha e podia. Recuei quando foi necessário, tentando não pedir o que eu queria e você não me dava. Depois, avancei para que você sentisse que eu ainda existia. Priorizei suas necessidades em relação às minhas, vivi no seu ritmo, da sua maneira, nos seus espaços e com as suas vontades, pensando que, depois, seria minha vez, minha hora. Repeti para mim mesma que não deveria esperar nada, que deveria tentar aprender a ser mais independente. Mas eu me enganei. Só Deus sabe como eu errei, porque minha vez nunca chegou. Você não deu um passo sequer para salvar este casamento, deixou que ele se acabasse assim, fingindo que estava tudo bem. E agora vem me dizer que a culpa é minha? Vá se foder, Paolo. Sinceramente.

— Vá se foder você, Elena. Você nunca está satisfeita com nada. Nunca desrespeitei nem magoei você. Você é uma babaca mimada e, depois de todos esses anos juntos, é você quem está estragando tudo.

— Paolo, eu já fui embora há meses e você nem se deu conta.

— Sou eu que vou embora, não quero ficar aqui ouvindo suas baboseiras. Se você não quer ir à casa de minha mãe amanhã, não venha. Vou dar uma volta.

Saiu batendo a porta. Quando voltou, tarde da noite, eu já estava na cama, interpretando, como sempre, a bela adormecida. Não preguei o olho a noite inteira. Às sete horas, me levantei e saí. Depois de um longo passeio e um café da manhã no bar, liguei para Carla. Eu precisava me abrir com urna amiga de verdade. Mas ela logo me interrompeu:

— Se você for atrás dele agora, estará fazendo uma burrada. Pode crer.

— Não sei. Ele estava estranho ao telefone, e sinto que preciso ir.

— Mas você acabou de dizer que ele pediu para você não ir.

— Ele disse que quer me ver, que sente minha falta e não quer que eu vá até lá porque está ocupado e sem tempo.

— Ele disse que vocês vão se encontrar na quinta.

— É verdade, disse para eu não ir até lá, porque não queria que eu percorresse todos esses quilômetros. Se eu for, poderemos jantar em um restaurante e, depois, dormir juntos. Nunca jantamos fora.

— Quem disse que ele tem vontade de ir a um restaurante ou dormir a noite toda com você? Esses são desejos seus.

— E por que ele não teria vontade?

— Porque talvez ele goste da situação atual entre vocês.

— Parece que você fica incomodada com a possibilidade de eu ser feliz com ele.

— Isso não me incomoda. Só estou dizendo que, talvez, você esteja viajando. Estou tentando fazer com que você lembre o que ele disse. A questão é que você está se jogando nessa história, indo além de como a relação era no início.

— Sim, mas as histórias evoluem, as relações crescem.

— A questão é exatamente essa: não é disso que você precisa agora. Você precisa acertar as coisas com Paolo antes de se jogar em uma história nova.

— Em breve, vou acertar tudo com Paolo.

— Elena, acredite, você não precisa de outro homem.

— Tenho medo de perdê-lo, Carla. Se eu não for atrás dele e mostrar que estou presente, que ele é importante para mim, tenho medo de que seja o fim.

— Espere, não tenha pressa.

— Ou você não entende ou não quer entender: ele tem mil mulheres à sua volta, vi como as outras olham para ele. Não posso ficar parada. Se eu esperar, vou perdê-lo.

— Se você o perder, é porque ele escolheu outra e você o perderia de qualquer maneira. Não vá até lá. Se você for, vai perdê-lo. Ele não quer você lá, já disse com toda a clareza.

— Carla, se eu esperar, corro o risco de acabar como você e Alberto. Está me aconselhando a cometer o mesmo erro que você? Você esperou e perdeu seu homem.

— O que minha história com Alberto tem a ver com isso? É completamente diferente.

— Sim, mas você o perdeu, porque não fez nada. Quando descobriu que ele trocava e-mails com aquela babaca com quem ele está vivendo agora, você não disse nada. Preferiu ver até que ponto ele chegaria e, no fim, o perdeu.

— Quando descobri, eu já o tinha perdido. Ele já estava a anos-luz de distância de nós dois. Eu não podia fazer nada.

— Talvez você também tenha errado.

— Não quero falar sobre mim e Alberto agora.

— Por que você não entende? Você sempre me apoiou nessa história. No início, foi você quem disse para eu me jogar, para aproveitar a oportunidade. Eu me joguei e, agora, você me diz para recuar?

— Claro que apoiei, mas as premissas eram diferentes, não essas.

— Mas o que eu posso fazer se agora tenho esses sentimentos?

— Espere, não tenha pressa.

— Carla, acho que me apaixonei.

— Isso é realmente uma bobagem.

— O que você sabe sobre os meus sentimentos?

— O que você quer desse homem, Elena? Você sabe? Quer uma história? Quer largar Paolo e ir viver com ele? Casar-se e ter filhos? Vocês conversaram sobre isso? Talvez não seja amor.

— Eu acho que é.

— Você está saindo de um casamento no qual vocês não transavam havia meses, seu marido não enxergava mais você, não notava mais sua presença, era um homem para o qual você praticamente não existia. É óbvio que você vai achar que ama o primeiro que lhe der um pouco de atenção.

— A coisa é mais complicada.

— Eu sei que, com ele, você finalmente transa como se deve, se sente desejada, ouvida, vista, compreendida, mas pare aí por enquanto, não procure mais coisas. Não cometa esse erro. Pergunte a si mesma o que você realmente quer, do que você precisa, quem é você a esta altura de sua vida. Não se esconda novamente em uma relação, tente, uma vez na vida, se imaginar no mundo, não em função de um homem, mas sozinha com você mesma, com suas necessidades.

— Sei muito bem quem eu sou e o que quero, nunca estive tão segura em toda a minha vida. Não entendo por que você insiste em fazer esse discurso sem sentido.

— Você me ligou para ouvir minha opinião ou para ouvir o que você queria que eu dissesse? Estou dizendo o que penso e o que acho justo dizer, mas você é suficientemente grande e sabe julgar melhor do que eu a história de vocês. O que eu sei é que, agora, você não precisa de outro homem. Acho que ele é realmente algo bom em sua vida: ajudou você a ver muitas coisas em si mesma, a entrar em contato com uma parte profunda de si. Isso é algo raro, maravilhoso. Aproveite. Não jogue fora esse presente por medo de perder esse homem. Não use essa possibilidade para se prender a ele. Use-a para se libertar. Você nem sabe se ele quer as mesmas coisas que você. Não tenha pressa.

— Você quer que eu fique mal e sozinha como você, assim poderemos chorar juntas à noite no sofá.

— Elena...

— Não, Carla, você é absurda. Foi burrice minha ter pedido um conselho a você sobre algo do gênero. Não quero acabar como você um dia. Você se rendeu e fica aí no campo, com sua autocomiseração, na companhia de um gato. Sinto muito, mas, nesse ponto, somos diferentes. Não quero sentir pena de mim mesma daqui a alguns anos, porque eu não soube segurar o homem que eu queria.

— Elena, não tenho mais nada a dizer. Tchau.

19 de julho

Paolo e Carla não entendem. Só ele consegue entender.

Meu estômago deu um nó, não consigo ficar bem nem escrevendo. Tomada pela agitação, preparei uma mala e escrevi um bilhete para Paolo: "Decidi ir embora. Não consigo mais viver nesta situação. Você é a última pessoa que eu gostaria de magoar, mas preciso me afastar para entender o que está acontecendo. Vou passar uns dias na casa da Carla."

Peguei a estrada e fiz uma longa viagem pela terceira pista. Quando cheguei à praça do vilarejo, nem sabia aonde ir. Liguei, mas o homem não respondeu. Entrei em um bar e tomei café. Escrevi para ele: "Estou aqui."

Depois de menos de cinco minutos, ele ligou:

— Aqui onde?

— Aqui, no bar Roma, tomando café.

Silêncio.

— Não estava esperando?

— Não. Vou aí pegar você. Me dê cinco minutos.

Fui rapidamente ao banheiro, me arrumei e voltei para o carro para esperá-lo. Eu nem sabia qual era o carro dele. Sentia a ansiedade aumentando. Talvez eu realmente tivesse feito uma besteira indo até lá, talvez Carla tivesse razão.

Um carro estacionou e buzinou. Eu estava prestes a descer, mas ele fez sinal para que eu o seguisse e partiu novamente. Imaginei uma saudação diferente, queria abraçá-lo e beijá-lo, nosso primeiro beijo ao ar livre. Segui-o em meio aos campos. Nunca teria conseguido encontrar a casa. Depois de quinze minutos, chegamos, atravessamos um portão aberto e percorremos uma estradinha de cascalho até a casa. Ele desceu do carro e veio ao meu encontro.

Desci sorridente.

— Acabaram as obras? Não estou vendo ninguém.

— Meu irmão foi a Bolonha ver os filhos e, aos domingos, os operários não trabalham.

Estávamos um de frente para o outro e nos olhamos em silêncio. Seu rosto tinha uma expressão distante, que eu não reconhecia. Eu olhava à minha volta para esconder o desconforto.

— Você me mostra como está ficando a casa?

Ele continuava a me olhar com a mesma expressão, depois disse:

— Por que você veio?

A pergunta me atingiu direto no peito. Decidi ser sincera:

— Estava com vontade de ver você.

— Por que não me avisou antes de vir?

— Queria fazer uma surpresa.

Ficamos em silêncio. Eu queria sumir, queria nunca ter ido até lá. Só desejava entrar no carro e fugir.

— Olha, se é um problema, posso ir embora imediatamente.

— Não estou dizendo para você ir embora.

— Então, está dizendo o quê?

— Eu queria entender o que fez com que você viesse até aqui.

— Estava com vontade de ver você, só isso. O que há para entender?

— Nada. Não tenho certeza de isso ser verdade.

— Em que sentido? Qual seria a verdade?

— A verdade é que, ultimamente, você anda estranha.

— Não sei do que você está falando.

— Você não consegue mais ver o contexto.

— Como assim? Que contexto?

— Se você cai de paraquedas em minha vida sem avisar, fora do contexto no qual sempre nos vimos, está deslocando a fronteira de nossos encontros.

— Desculpe, que fronteira? Do que você está falando? Talvez eu não seja tão inteligente quanto você e não esteja entendendo.

— O que estou dizendo é que sua decisão de vir até aqui muda as coisas.

— Muda o quê? O fato de eu estar vendo você à luz do dia?

— Quebra as regras.

— Desculpe, quais são essas regras? Só posso ver você se vou até sua casa trepar?

— Vamos, pare com isso. Você entendeu perfeitamente do que estou falando.

— Não, não entendi.

— Outras regras significam outro jogo, e não sei se eu quero jogá-lo.

— Você é completamente louco, que jogo é esse de que você está falando? Não estou propondo nenhum jogo, só estava com vontade de ver você e achei que a recíproca fosse verdadeira.

— Tente me entender.

— Não, não entendo. Você continua a falar de jogo, regras, fronteiras, contexto... Para você, era só um jogo?

Naquele momento, era eu quem o encarava. Ele desviou o olhar e entendi que estava procurando algo em que se agarrar.

— Do que você tem medo? — perguntei.

— Tenho medo de que você queira transformar esta relação em algo diferente e não sei se estou a fim.

— Então, se fosse por você, continuaríamos sempre assim? Eu vou à sua casa trepar, depois volto para minha casa? É isso que você quer?

— Você sabe muito bem que não se trata, e nunca se tratou, somente de trepar.

— Então, do que se trata?

— Não tenho uma definição. Vivemos essa experiência juntos, e você também sabia o que era.

— Então, diga: o que você quer agora?

— Nada de diferente do que vivemos até hoje.

Senti uma punhalada no peito.

— As coisas mudam, evoluem, acho que é natural.

— Não é somente porque não quero, é porque acho que não sou capaz. Certamente, não agora.

A expressão dele era diferente. Depois de um silêncio que pareceu infinito, ele acrescentou:

— Não sou capaz de dar o que você quer. Naquele apartamento, naquela medida, sei como me mexer, sei o que quero, sei me doar, sei receber. Talvez, um dia, eu aprenda, mas pode ser que isso nunca aconteça.

Eu sentia a raiva aumentar dentro de mim.

— Então, você se esconde atrás dessas palavras, diz que não é capaz de amar e ponto final. "Sou assim, é pegar ou largar..."

Ele não respondeu.

— Prefiro que você diga que não estou à altura, que não sou suficiente para fazer você mudar!

Ele me olhou por um instante, em silêncio. Eu estava com medo de sua resposta.

— O problema não é você, sou eu, que sei até onde posso chegar. Cada um vive como consegue, de acordo com as próprias capacidades e os próprios limites.

— Uma coisa é dizer "não sou capaz", outra é dizer "quero, mas preciso de tempo".

— Não estou preparado agora e talvez nunca esteja.

— Se você não tentar, como vai saber? Você fica aí, preso à ideia que tem de si mesmo e não se permite nenhuma possibilidade de mudar, de viver uma situação diferente.

— Agora, não estou preparado.

O mundo desabou em cima de mim, mas fiquei de pé. Joguei minha última cartada.

— Então, vamos fingir que nunca tivemos esta conversa.

Tentei me aproximar para beijá-lo, mas ele me interrompeu.

— Espere, vamos terminar esta conversa. Não quero deixá-la pela metade, porque não quero ter de repeti-la.

Ficamos mais um pouco em silêncio. Ele me encarou, eu desviei o olhar e observei a casa.

— Elena, agora que falamos dessas coisas, vai ser difícil voltar a viver nossa história como antes.

Parei de olhar para a casa e olhei no fundo dos olhos dele. Eu estava assustada.

— O que você quer dizer?

— As coisas mudaram, pusemos as cartas na mesa.

— Quer que eu vá embora?

Ele não respondia, estava cada vez mais distante, e a expressão de seu rosto era vazia.

— Não fui eu que pedi para você vir. Não me peça para mandar você embora.

Ele disse essas palavras olhando para um ponto distante. Não consegui mais conter a raiva.

— Você é um merda! E eu sou uma babaca. Quem você acha que é para tratar as pessoas assim?

— Não estou tratando você mal, só estou dizendo o que penso.

— Vá se foder! O que eu sou para você, uma experiência? Você tinha pena de mim? "A pobre esposa em crise no casamento. Vamos ver como ela reage se a gente trepar algumas vezes... Vamos ver se ela se apaixona." O que você queria descobrir? O que você queria demonstrar? O que você queria obter?

— Elena, pare.

Ele me abraçou.

— Não me toque. Tire as mãos de cima de mim.

— Pare de gritar, acalme-se.

— Não, não me acalmo! Você é um merda!

De repente, a raiva se transformou em lágrimas e comecei a chorar. Ele me segurou. Tentei me livrar de seu abraço, mas depois me rendi. Parei de chorar. Fiquei em silêncio.

— Venha, vamos entrar... Tomar um copo-d'água.

Entramos na cozinha. Bebi sentada em uma cadeira, com o rosto vermelho e os olhos inchados. Ele estava em pé, apoiado na pia. Eu olhava para fora pela janela e pensava em muitas coisas. Pensava em Paolo, que não tinha a mínima ideia de onde eu estava nem da situação que eu estava vivendo. Pensava no que Carla tinha dito. Pensava em minha avó... Talvez o cheiro daquela cozinha fosse igual ao da cozinha dela, ou talvez o passado fosse o único lugar no qual eu pudesse me refugiar e me sentir segura naquele momento. Lembrei-me de quando, na cozinha, sentada no colo de minha avó, limpávamos vagens e jogávamos os rabichos em uma página de jornal no centro da mesa. Depois, meus pensamentos voltaram para a cozinha onde eu estava e compreendi que não queria perdê-lo. Pedi desculpas.

— Não há nada de que se desculpar — respondeu ele.

Ficamos mais um pouco em silêncio, enquanto eu desejava aniquilar qualquer distância entre nós. Eu queria ser abraçada, acariciada. Queria um beijo na boca, lento, delicado, comprido. Queria sentir seu cheiro, o calor de sua pele. Queria que ele me tomasse em seus braços e me levasse para a cama. Eu estava exausta. Fiquei calada para lhe dar a possibilidade e o espaço de me pedir para ficar. Mas ele continuava calado.

— Não podemos fingir que nada aconteceu?

Ele não me respondeu. O homem pelo qual me apaixonei, o único que soube me ver de verdade, não estava mais ali. Naquela cozinha, havia outra pessoa, que eu não conhecia e que parecia não entender nada sobre mim nem sobre aquilo de que eu precisava naquele momento. Todavia, bastava que ele esticasse a mão, que me desse um sorriso, e eu teria entendido imediatamente que ainda existíamos. Mas suas mãos permaneciam agarradas à beirada da pia.

— É melhor eu ir — disse eu.

Estava esperando uma reação, estava esperando que ele dissesse: "Não, não vá embora. Fique aqui." Ele não disse nada.

— É um absurdo, não reconheço mais você. Como você consegue ser tão distante, frio, indiferente?

Levantei-me, coloquei o copo sobre a mesa e fui embora.

Antes de sair da cozinha, me virei e disse:

— Se você não me impedir agora, vai me perder para sempre.

Entrei no carro já arrependida daquela frase. Manobrei vendo-o parado à soleira da porta, com um ombro apoiado na parede. Olhamos um para o outro. Fiquei imóvel por alguns segundos. Acelerei, e os cascalhos da estradinha de acesso fizeram barulho embaixo das rodas do carro. Olhei para ele no retrovisor e roguei a Deus que ele me mandasse parar. Eu avançava lentamente e, a certa altura, eu o vi dar um passo à frente. Pensei que fosse para intervir, mas ele se virou e entrou novamente na casa. Senti meu estômago doer. Achei que ia vomitar. Passei pelo portão aberto, e o carro me levou de volta para casa.

29 de julho

Passaram-se dez dias desde que saí por aquele portão, desde que fiquei olhando pelo retrovisor na esperança de que ele me interrompesse. Nesses dez dias, não nos falamos. Cheguei até meu prédio em uma viagem da qual não me lembro de nada, estacionei e fiquei no carro pelo menos umas duas horas. Eu nem sequer conseguia me lembrar com detalhes do que havia acontecido, estava confusa. Quando escureceu, fui para casa. Eu esperava que Paolo não estivesse, não tinha forças para enfrentá-lo também. Entrei e o encontrei no sofá, vendo televisão. Fui direto para o banheiro. Queria lavar o rosto e tentar me recuperar. Disse que ia dormir, porque não estava me sentindo bem. Olhamos um para o outro por um instante: ele não parecia estar com raiva, pelo contrário, falava como se nossa discussão nunca tivesse acontecido. Deitei na cama, esgotada, e senti aue estava com febre. Quinze minutos mais tarde, Paolo me trouxe uma xícara de chá. Foi um gesto meigo de sua parte. Tomei um gole e adormeci.

Os dias seguintes foram difíceis. Não fui trabalhar por conta da febre. Paolo achava que eu tinha adoecido por causa de nossa discussão. Cuidou de mim, foi muito gentil e atencioso, mas eu queria ficar sozinha. Sua presença atrapalhava minha dor e me obrigava a esconder o que eu realmente estava sentindo. Durante dez dias, fiquei em choque, sem falar nem saber o que fazer. Muitas vezes, me senti tentada a enviar uma mensagem, a telefonar, a pedir explicações, esclarecimentos. Emagreci; eu não comia, dormia pouco e mal. Tudo era um esforço: andar, falar e não falar. Levar a colher de sopa até a boca parecia uma árdua tarefa. Meu estômago estava fechado, a cabeça pesava e, às vezes, eu tinha dificuldade de respirar. Até os ossos doíam. As atenções de Paolo eram cansativas: às vezes, ser amada cansa, sobretudo, do modo como Paolo fazia.

Eu não sabia o que ia fazer de minha vida, mas não estava me importando. Não me sentia mais ligada a nada, nem mesmo aos objetos desta casa. Tudo me era indiferente. Eu havia perdido tudo.

Em momento algum, pensei em ligar para Carla para me desculpar, fazer as pazes e pedir sua ajuda.

8 de agosto

Sinto-me condenada à solidão e não gosto disso. A esta altura da vida, eu não achava que estaria nesta situação, esperava algo diferente para mim. Talvez, em minha idade, eu devesse parar de procurar as respostas do lado de fora e começar a olhar para dentro de mim. Não sou capaz de viver sozinha e não consigo segurar um homem. Tenho em casa um marido que não quero, que muitas vezes me faz pensar que desperdicei anos vivendo com ele uma vida construída a partir de deveres e necessidades, nunca de desejos. Quase não nos falamos mais, a não ser de coisas fúteis, porque, em um relacionamento, quando não há desejos, não há mais nada a ser dito.

Hoje à noite, estou extremamente nostálgica. Sou invadida por lembranças de minha infância. Vejo o sorriso meigo de minha avó, a ternura que ela transmitia em tudo que fazia. Parecia muito feliz, serena, mas sua vida foi mais difícil do que a minha, mais cansativa, mais dolorosa. Fico me perguntando por que não consigo ser como ela. Às vezes, tenho a sensação de que ela me vê, de que, de algum lugar, ela me olha e diz para eu ficar tranquila, pois vai ficar tudo bem. Fico pensando se essa mania de me esconder em lembranças distantes sempre que estou mal é uma fuga ou se, nessas recordações, se esconde uma semente de meu ser que não cultivei e deixei para trás. Estou cansada. Parece que as coisas que faço nunca estão certas, nunca são suficientes. Meu futuro com Paolo não existe mais, o futuro que eu havia imaginado com o outro homem foi eliminado. A escuridão e as sombras da noite estão indo embora e abrindo espaço para as primeiras luzes da manhã. Gostaria que algo parecido acontecesse com minha vida.

Foi necessário quase um mês para que eu rearrumasse os pensamentos e começasse a dar os primeiros passos em minha nova vida. A primeira coisa que fiz foi ligar para Carla:

— Oi, Carla.

— Oi.

— Como vai?

— Tudo bem, obrigada.

— Estou incomodando?

— Não, pode falar.

— Queria dar um oi e saber como você está. O que você está fazendo?

— Arrumando algumas coisas e depois vou fazer compras.

Ficou muda. Acho que estava esperando que eu dissesse alguma coisa.

— Na verdade, liguei para pedir desculpas.

Esperei sua resposta para entender até que ponto ela estava com raiva de mim, mas ela não falava, como se eu devesse acrescentar algo.

— Queria pedir desculpas e dizer que sinto muito.

Silêncio.

— Eu me comportei feito uma babaca — prossegui, mas ela permaneceu em silêncio. — Uma babaca idiota, eu não acreditava no que estava dizendo, estava totalmente fora de mim... Diga alguma coisa, por favor.

— O que você quer que eu diga?

— O que está pensando.

— Acho que você se comportou feito uma babaca, que estava fora de si e não acreditava no que estava dizendo.

Ela não estava mais com raiva de mim. Fiquei feliz.

— Você me perdoa?

— Não sei, você me magoou muito.

— Eu sei, desculpe.

— Passei dias infernais pensando nas coisas que você disse.

— Você sabe que eu não estava falando sério.

— Mas algumas delas eram verdade.

— Eu estava fora de mim naquele dia. Sinto muito.

Silêncio.

— Se você não me perdoar, pegarei o carro e irei até aí agora.

— Vou dizer que não perdoo, porque só assim a gente vai se encontrar... Quero ver você.

— Eu também.

Ela ainda não sabia qual havia sido o desfecho de minha história com ele.

— Preciso dizer uma coisa de que você vai gostar.

— O quê?

— Você tinha razão. Eu não deveria ter ido atrás dele. Desde aquele dia, não nos vimos nem nos falamos mais.

Carla ficou alguns segundos em silêncio, depois disse:

— De qualquer forma, não fico feliz por isso. Como você está agora?

— Melhor, mas fiquei muito mal, por isso não liguei imediatamente para você.

— Quer que a gente se encontre?

— Não, obrigada. Antes, preciso acertar algumas coisas.

Ficamos ao telefone mais de uma hora. Contei tudo. Pedi que ela falasse abertamente o que pensava, porque eu me sentia preparada para aceitar suas palavras. Na opinião dela, eu não estava pronta para um homem como ele, não estava preparada para suas necessidades e, provavelmente, ele não estava preparado para as minhas. Embora existisse grande atração, grande afinidade e compreensão, não chegamos a nos conhecer por inteiro.

— Como ele pôde dar um corte tão seco em nossa história? Nem tentou demonstrar que aquilo era importante para ele. Fiquei em dúvida se ele realmente ligava para nós dois.

— Acho que ele se importava com você. Do contrário, não teria sido tão atencioso, afetuoso e gentil durante os encontros. Talvez não estivesse preparado para dar o próximo passo, e você mostrou isso a ele. Deveria ter acontecido de maneira natural, mas você se deixou levar por seus medos.

— É verdade, mas ele podia simplesmente ter dito isso para mim, ter sido claro, e eu teria esperado.

— Você trouxe à tona seu lado obscuro. Ele respondeu fazendo o mesmo.

— Fui uma imbecil.

— Não, nada disso. Só que você não conseguiu dar conta de tudo de maneira lúcida. Posso dizer que, quando você estava com ele, vi uma mulher que me agradava muito. Uma mulher corajosa, bonita, que sabia o que queria e sabia pedir.

— Sim, mas aquela mulher não existe mais, aquela mulher existia graças a ele e foi embora com ele. Quando nossa história acabou, senti como se uma onda tivesse carregado tudo. Até meu corpo. Hoje, não estou mal apenas porque o perdi, mas também porque perdi aquela mulher. Ela era alguém com muitas coisas que me agradavam. Acima de tudo, sabia amar como eu nunca soube. Agora, voltei à vida de antes, incapaz de sentir emoções tão intensas. Sinto-me sem forças ao pensar que devo recomeçar do zero. Sei que, com o tempo, vou conseguir abrir mão dele, embora, neste momento, ainda doa. Abrir mão dela, por outro lado, será mais difícil.

— Quanto a isso, discordo. A mulher que ele mostrou a você não existe apenas na presença dele, mas está aí dentro, é você. Ninguém é capaz de fazer com que você se transforme no que não é. No entanto, o outro pode trazer à tona uma parte que você não conhecia de si mesma, mas que pertence a você. Mudamos ao nos tornarmos uma pessoa que já somos.

— Talvez você tenha razão, mas como ele conseguiu enxergá-la primeiro?

— Acho que ele intuiu algo, mas, depois, foi você quem decidiu se arriscar. Pela primeira vez desde que nos conhecemos, você optou por viver um encontro, e não estou me referindo ao fato de você ter ido fisicamente à casa dele, mas sim de ter, pela primeira vez, se movido na direção de outra pessoa.

— Talvez até demais, eu diria.

Carla tinha razão, mas, naquele momento, sem ele, eu não sabia onde estava aquela nova mulher, como reencontrá-la. Algo dela havia permanecido, um rastro, um perfume, um eco. Ela me obrigou a rever minha vida, a repensá-la, a descobrir partes de mim que eu não conhecia.

As palavras de Carla me fizeram bem, porém não derreteram a dor que eu ainda sentia. Era tolo e absurdo. Eu sabia que era errado e que eu não devia, mas sentia que, se ele ligasse para mim, eu sairia correndo a seu encontro.

10 de agosto

Hoje à noite, quando voltei do trabalho, Paolo estava ao fogão, cozinhando. Sobre a mesa, havia duas taças de vinho e, no centro, um buquê de rosas vermelhas com caules longos. Perguntei o que estávamos festejando, e ele respondeu que não era necessário um motivo para festejar. As rosas eram muito bonitas, mas, ao invés de ficar feliz, senti o contrário, um leve sufocamento. Durou alguns segundos, até que, em meu rosto, ficasse estampado um sorriso. Depois, agradeci, e o sufocamento se transformou em melancolia misturada com tristeza.

Durante o jantar, falei pouco, ao contrário de Paolo, que era como um rio na cheia: eu nunca o havia visto daquele jeito. Antes do café, me deu um folheto com a reserva para férias em Sharm el-Sheikh. Eu não disse nada, nem sabia se estava feliz.

— Está contente de ir ao Egito? Consegui marcar as férias para setembro, como você.

A notícia me surpreendeu a ponto de eu não saber o que dizer, exceto agradecer e começar logo a lavar os pratos.

11 de agosto

Ontem, antes de pegar no sono, pensei na manhã em que tive febre e Paolo pôs a mão em minha testa. Acordei com aquele toque. Se o homem que amo tivesse feito um gesto daqueles, eu teria me comovido profundamente. Naquele momento, porém, eu o percebi como o gesto de um irmão. Entendi que chegou o momento, não posso esperar mais. Não posso adiar, porque não tenho mais forças para inventar a cada dia uma mulher que não sou e um homem que não existe. O homem que até pouco tempo atrás estava no centro de minha vida, que, de alguma forma, parecia até dar um sentido a ela, tornou-se o último de meus interesses. A história pela qual eu dera tudo até me transformar na casca vazia de mim mesma não existe mais. Tudo isso não pode ser libertação, não pode ser felicidade. Não me sinto livre, mas vazia, sem forças. Tenho certeza de que não é possível reconstruir nada entre nós.

Preciso encontrar as palavras e a maneira certas para deixar Paolo. A mulher que sou não pode fazê-lo feliz. E ele também não pode fazer o mesmo por mim. Precisamos procurar nossas felicidades em outro lugar.

Naquela noite, depois de ter escrito essas palavras, levantei-me da cama e fui me sentar no sofá, ao lado de Paolo, que via televisão. De vez em quando, sem que ele percebesse, eu me virava em sua direção e o observava. Ele não fazia ideia do que eu estava prestes a dizer. Estávamos para nos deixar, e, daquela vez, eu não estava de brincadeira. Enquanto procurava o modo, eu pensava que cada minuto que se passava era um minuto de vida que ficava deste lado da linha: antes da separação, depois da separação. Eu estava prestes a lhe causar uma dor e não encontrava as palavras certas para começar. Eu não sabia o que fazer, não encontrava saídas que não fossem dolorosas. Qualquer coisa que eu dissesse o magoaria, e isso me entristecia. Era verdade que eu não o amava mais, porém jamais quis machucá-lo. Eu o observava, olhava seu perfil, suas mãos, os pulsos, os braços. Talvez fosse a última vez que o veria de tão perto. Senti uma ternura infinita. Como chegamos àquele ponto? Vi tanta vida em Paolo: a minha, a dele, a nossa juntos. Levantei-me e fui ao banheiro me olhar no espelho. Eu queria chorar e não conseguia, talvez estivesse com mais vontade de gritar. Lavei o rosto e voltei para a sala, para o sofá.

— Paolo, precisamos conversar.

— O que foi?

— Precisamos falar sobre nós dois.

Ele estava prestes a dizer algo, mas olhou no fundo de meus olhos e parou. Ficamos alguns segundos em silêncio. Ele havia entendido do que se tratava, eu tinha certeza, e se virou novamente para a televisão.

— Paolo.

Ele aumentou o volume.

— Paolo!

Arranquei o controle remoto de sua mão e desliguei a tevê.

— Escute... Por favor.

— Não quero ouvir seu discurso. As coisas se ajeitam, já estão se ajeitando. Você vai ver que a ida a Sharm vai nos fazer bem.

— Paolo, não vou ao Egito.

— Como não? Já temos as passagens.

— Sinto muito.

— Estou fazendo de tudo, Elena, é o que estou demonstrando nesses dias... Me dê tempo.

— É tarde demais, Paolo. Não podemos fazer mais nada.

— Não é tarde demais, você é quem está com pressa. Não são coisas que se ajeitam em dois dias, demoram. Confie em mim.

— Percebi que você está mais atencioso, mas é tarde demais.

— Está apaixonada por outro?

— Pare.

— Se existe outro homem, diga.

— Não existe nenhum outro homem.

— Jure.

— Paolo, por favor.

— Por que você não jura?

— A questão não é se existe outro homem, a questão é que nós não existimos mais. Por favor, me deixe ir.

— Não quero.

— Por favor, é muito difícil para mim também.

— Se é difícil, não faça.

Fiquei em silêncio.

— Vamos dar um tempo. Se, daqui a algumas semanas, você ainda estiver convencida, não vou atrapalhar, prometo. Só peço alguns meses...

— Já dei todo o tempo necessário a esta história, fiz tudo o que podia.

— Ainda podemos mudar.

— Não estamos discutindo se vamos nos separar ou não, isso eu já decidi. Só estou procurando com você a melhor maneira.

Ele mudou de posição, afastando-se um pouco.

— Não concordo com isso, é você quem...

— Paolo, não levante a voz e não comece a me culpar.

— Mas é isso mesmo: a culpa é sua.

— Quero a possibilidade de uma vida feliz. Se dizer que a culpa é minha faz você ficar melhor, então, tudo bem. Não quero brigar, não quero atribuir culpas.

— Não quero que a gente se separe. O que eu fiz de mal para você? Por que você me odeia?

— Não odeio você, mas, se eu continuar a viver aqui com você, é o que vai acontecer.

— O que você espera que eu faça agora?

— Nada, apenas que aceite minha decisão.

— Não reconheço mais você, é de dar medo. Como você pode me falar com tanta frieza e racionalidade depois de tantos anos juntos?

— Não tenho alternativa. Talvez você não se dê conta de como é difícil para mim falar dessa forma.

Ele tinha a expressão de uma criança assustada, não era agressivo. Senti vontade de abraçá-lo, mas eu não podia amolecer.

— Não fico feliz por dizer essas coisas.

Ficamos sentados no sofá, olhando fixamente um ponto distante a que nos agarrar.

Sem me olhar, ele disse:

— Você se lembra de quando compramos aquele quadro? Jamais gostei dele, você sabia?

— Eu também não.

— Então, por que ficou ali todos esses anos se nenhum de nós gostava?

Não respondi. Ele afundou o rosto nas mãos e começou a chorar. Chorava fazendo barulho, soluçava, fungava. Fazia anos que eu não o via chorar.

— Desculpe, Elena, desculpe... Não é verdade que a culpa é sua. A culpa é minha, não fui capaz de amar você. Não sou capaz de amar ninguém. Você não tem nada a ver com isso.

Eu me senti péssima e fiquei em silêncio. Depois, ele se acalmou, enxugou as lágrimas e assoou o nariz.

— Desculpe.

— Você não precisa se desculpar.

Ele observava o teto, olhava à sua volta, olhava atentamente os cantos da casa. Tudo, menos eu.

— Olhe para mim.

— Não consigo.

— Olhe para mim.

— Se olhar para você, vou começar a chorar de novo, como um babaca.

— Tudo bem, não olhe para mim... Diga somente se entendeu que é a coisa certa a se fazer.

— Não, não entendi.

— Paolo...

— Entendi, mas dói da mesma forma. Não consigo pensar em minha vida sem você. Não consigo imaginar que, amanhã de manhã, vou acordar e você não estará na cama, que vou voltar para casa e você não estará aqui, que não vamos jantar juntos, que você não estará no quarto quando eu estiver no sofá vendo tevê. Gosto de saber que, depois que a desligo, vou para a cama e você está lá.

Em seguida, virou-se para mim e acrescentou:

— Não consigo imaginar um único dia sem você. O que eu faço agora?

— Eu não sei.

Ficamos em silêncio. Depois, ele foi pegar um copo-d'água e trouxe um para mim também.

— Tome.

— Obrigada.

— Não me agradeça, pus veneno aí dentro.

Sorriu, estava com o rosto vermelho. Sentou-se no sofá.

— Vou dormir na casa de meu irmão, não posso ficar aqui.

Enquanto calçava os sapatos sem desamarrá-los, Paolo acrescentou:

— Tudo o que você disse está certo. Você somente está enganada sobre um aspecto: quando você começou a se afastar de mim, não é verdade que não percebi. Eu só não sabia o que fazer, como evitar e, naquela incapacidade, fiquei parado, olhando, esperando que as coisas se ajeitassem sozinhas. Não sei o que levou você a mudar, mas, em dado momento, você se tornou outra pessoa. Eu não a reconhecia mais e não fui capaz de administrar aquela situação. Você não imagina como lamento, e sei que nunca vou me perdoar.

— Não há nada a ser perdoado.

— Pelo contrário, Elena. Há uma vida inteira.

20 de outubro

Na minha idade, não é fácil ir morar sozinha. É uma experiência pela qual nunca passei. Nos primeiros dias, voltar para casa e encontrar tudo apagado e silencioso me dava uma sensação de vazio e ansiedade. Jantar sozinha, ir para a cama sozinha, acordar sozinha. À noite, eu não conseguia dormir. Sempre pegava no sono tarde e acordava cedo. Ao menor barulho, me levantava e ia ver o que era. Eu sempre achava que eram ladrões tentando entrar.

Todos os velhos vícios e manias desapareceram. Precisei aprender novas medidas, novos espaços e tempos. À noite, eu preferia voltar para casa cedo e criei o hábito de deixar uma luz acesa em um cômodo. Também deixava uma luz acesa enquanto dormia.

Eu continuava a me perguntar se havia feito a coisa certa. Na verdade, já conhecia a resposta: eu não queria viver ao lado de um homem que eu não amava mais. No entanto, em certas noites, me parecia difícil até mesmo passear pela casa vazia. No fundo, são muitas as pessoas que ficam juntas para ter companhia, por hábito, para dividir as despesas. Se elas se separassem, não saberiam para onde ir.

No início, eu sempre organizava jantares em casa, para não ficar sozinha. Até Carla veio algumas vezes passar o fim de semana comigo.

Depois, algo aconteceu. Eu superei todas as dificuldades e, sem perceber, entrei em uma nova dimensão. Comecei a ficar bem e não via a hora de voltar para casa, fechar a porta e ficar ali sozinha fazendo minhas coisas. Eu via os quadros apoiados no chão, em vez de pendurados na parede, e ficava feliz: sempre preferi assim, mas Paolo não concordava. Eu decidia fazer algo e, depois, mudava de ideia no último minuto sem precisar me justificar nem me sentir culpada.

Há uma semana, janto o mesmo prato: um simples arroz branco com atum, uma gota de azeite e shoyu. Adoro, é uma delícia, mas nunca poderia preparar isso para um convidado: é uma papa que parece ração de cachorro. Como o que gosto, quantas vezes sinto vontade e na hora que bem entendo. Dez dias atrás, porém, eu não conseguia parar de comer abacate: com torrada, na salada, com camarões ou fazendo guacamole. Eu não queria outra coisa. Gosto de não ouvir ninguém roncar, tossir ou dar descarga durante a noite. Gosto de não ouvir o despertador de outra pessoa pela manhã. Gosto de me espreguiçar e me virar sem ficar com medo de incomodar alguém.

Alguns dias atrás, eu não conseguia dormir e vim aqui para a cozinha esquentar um copo de leite. Depois, liguei a televisão e percebi que não precisava manter o volume baixo nem apagar as luzes. É a primeira vez que tenho um apartamento todo meu. É menor do que aquele em que eu morava com Paolo, mas respiro uma liberdade que nunca senti antes. Descobri a beleza do silêncio entre as paredes de casa. Desfruto minha solidão. À noite, depois de jantar, preparo chá e me deito no sofá para assistir a um filme, penetro as páginas de um livro ou dou longos telefonemas para Carla enquanto passo hidratante nas pernas. Compro flores para pôr na cozinha, abro uma garrafa de vinho mesmo que seja para tomar apenas uma taça. Às vezes, ponho música a todo o volume e danço sozinha pela casa. Aprendi a sorrir para mim mesma no espelho. Descobri que é bom tentar seduzir a si mesmo. Descubro que estou feliz simplesmente observando as xícaras coloridas e as tigelas novas sobre a prateleira da cozinha. Quando estou no trabalho, não vejo a hora de voltar para casa, tomar um banho quente e duradouro Ninguém bate à porta pedindo para entrar, não preciso cozinhar para outras pessoas e não tenho horários nem obrigações. Às vezes, até deixo de jantar ou, então, decido experimentar uma receita nova e, ao sair do escritório, passo para comprar os ingredientes necessários. Depois, volto para casa rápido e brinco na cozinha feito uma menina.

Viver sozinha me ensinou a perguntar a mim mesma o que quero e desejo. Parece óbvio, mas, para mim, nunca foi. Aprendi a encontrar dentro de mim as medidas e razões de meu viver. Entendi que preciso querer ser o que desejar, não posso mais viver para agradar alguém, me obrigar a ser quem não sou. No espelho desta casa, vi a pessoa que sinto dentro de mim: uma mulher que eu havia esquecido e deixado de lado sem me dar conta. Voltaram à minha mente muitas lembranças de quando eu era garota e sonhava mudar o mundo. Reencontrei a vontade de saber, conhecer, entender. Cada descoberta é um presente maravilhoso para mim. Fico emocionada quando vislumbro novos significados.

Na mulher que sou, vejo um futuro diferente.

Uma noite, depois da mudança, fui jantar na casa de Federica. Quando acabamos de comer, fui ajudá-la a arrumar a mala, porque ela passaria o fim de semana em um hotel fazenda com o homem da vez. Estávamos rindo por causa das estranhas e excessivas combinações de tops, minissaias e roupas íntimas que estávamos fazendo quando vi algo que congelou meu sangue. Da gaveta do armário, ela tirou uma nécessaire, a mesma que eu havia visto no banheiro dele. Acho que fiquei branca como um lençol.

Ela me olhou.

— Você está bem? O que foi?

— Diga que não, por favor.

— O quê?

— Não acredito... Diga que você não esteve naquele apartamento.

— De que apartamento você está falando? Assim você me assusta.

— Você sabe muito bem do que estou falando.

— Elena, chega! Ou você se explica ou para com isso. Você está com o rosto transtornado e não sei do que você está falando.

— Há quanto tempo você tem essa nécessaire?

— O que é que tem essa nécessaire?

— Há quanto tempo? Responda.

— Há uns dois meses, mas qual é o problema?

— Diga a verdade.

— Sobre o quê?

— Ou você me conta tudo ou não falo mais com você. Há quanto tempo você tem essa nécessaire?

— Minha mãe me deu de presente dois meses atrás. Agora, pare com isso e me diga por que está tão agitada.

— Jura que faz apenas dois meses?

— Se você quiser, ligo para minha mãe e peço para ela confirmar para você.

Sentei-me na cama.

— Tudo bem, eu acredito. Desculpe.

Naquele minuto, acho que perdi dez anos de vida.

— Agora você vai me dizer o que aconteceu. Você precisava ver a cara que fez, me assustou.

Meu comportamento foi tão louco que não tive como não explicar o motivo. Contei tudo, desde o bilhete que ele deixou em meu sobretudo até o momento em que fui embora pelo portão daquela casa na Toscana. Nem com Carla fui tão detalhista. No entanto, naquela noite, falei tudo e, quando terminei, me senti como se tivesse tirado um peso das costas. Eu nem sabia que aquele peso estava lá, só me dei conta ao me livrar dele. Ao contar e reviver aquela situação, talvez eu tenha entendido pela primeira vez o que aquele homem foi para mim. A importância de nosso encontro para minha vida. Senti-me livre e, de repente, fiquei com os olhos marejados.

Federica me abraçou.

— Elena, você é maravilhosa.

Terminamos de arrumar a mala e, olhando melhor a nécessaire, percebi que era diferente daquela que eu tinha visto na casa dele.

A serenidade que eu havia alcançado me levava a ter um comportamento diferente em relação à vida.

Naqueles dias, durante uma reunião, o chefe elogiou meu trabalho. Binetti deu o sorriso de sempre. Ao sair da sala, eu o chamei.

— Desculpe, queria falar com você um instante.

Fechei a porta e ficamos sozinhos na sala.

— Escute, Binetti, são anos que trabalhamos juntos. Quero matar uma curiosidade: o que significa esse sorrisinho que vejo estampado há meses em seu rosto? Posso saber?

— Que sorriso? Do que você está falando?

— Você sabe muito bem do que estou falando, não finja. Se significa algo, diga, sou toda ouvidos. Se você não tem nada a dizer, ou não tem coragem para falar, me deixe em paz. Mas quero deixar bem claro que não tenho intenção alguma de voltar a ver esse sorrisinho. Nem agora, nem amanhã, nem nunca mais. Esse de hoje foi o último, entendeu bem?

— Você não é normal, tem problemas.

— Não, quem tem problemas é você, e estou pedindo para conversarmos se eles me disserem respeito.

— O que significa isso tudo?

— Significa que desde já você deve parar com suas insinuações.

— Não estou fazendo insinuação alguma.

— Não fico surpresa por você fingir que não entende, mas não importa. Sei que nos entendemos.

— Ouça bem. Você me torrou a paciência. Pare com isso e trate de trepar mais.

— Não, acho que você não entendeu. Foi você quem torrou minha paciência e precisa parar com essa história. E não estou brincando. Posso me tornar um problema de verdade para você, Binetti. Um problema de proporções que você nem imagina. Não quero mais ver esse sorrisinho de merda na sua cara quando os outros falam de mim. E não é só isso, se alguém me contar algo que você tenha dito a meu respeito, você vai se arrepender, mesmo que não tenha dito nada. Você já gastou todas as suas fichas, Binetti. Minha paciência acabou.

— O que é isso, está me ameaçando?

— Não é uma ameaça, é uma promessa. Entendo que, para você, é mais fácil aceitar que o chefe me passa os projetos porque fui para a cama com ele, não porque tenho talento. Só um homem burro como você pode pensar que preciso ir para a cama com alguém para trabalhar. No dia em que eu decidir abrir as pernas por interesse, pode crer que será para ficar em casa, não para me levantar às sete da manhã. Para mim, a discussão termina aqui. Dessa vez, foi particular, entre nós dois. No próximo sorrisinho ou comentário de merda, acabo com a sua raça na frente de todo mundo. Tchau e bom trabalho.

— Escute...

— Binetti, cale a boca. Hoje não é seu dia.

Saí daquela sala de reuniões me sentindo uma tigresa. Poderia devorar o mundo. Fui ao banheiro e chorei de felicidade. De repente, enquanto eu olhava meu reflexo, tudo ficou muito claro. No início, eu via aquela mulher como uma entidade separada de mim, quase outra pessoa. Depois, tornei-me aquela mulher. Olhei no fundo de meus olhos e disse a mim mesma:

— Aqui estou. Voltei.

22 de abril

Federica não pode ir ao compromisso em Roma amanhã, então, vou eu. Ela me pediu para substituí-la, porque organizou uma noitada importante com Marco, o primeiro homem em anos a quem não deu apelido. É um grande acontecimento. Depois do Homem Cavalo, do Homem Mindinho, do Homem Sabe-Tudo, do Homem Cueca, do Homem Eurostar... Finalmente apareceu Marco.

Não pude dizer que não. E Roma é uma cidade que adoro, é sempre uma felicidade ir até lá. Gosto de passear pelos becos depois do jantar, antes de voltar para o hotel.

O compromisso de trabalho correu bem. Meu trem para Milão saía às 16h, mas a reunião estava se prolongando com conversas inúteis.

— Você veio de avião ou trem?

— Trem.

— No trajeto Milão-Roma, já não convém mais pegar o avião. Você precisa chegar uma hora antes no aeroporto, tem uma hora de voo e outra para chegar à cidade com o táxi. Além do mais, no trem você pode trabalhar e ainda tem wi-fi.

Eu já havia ouvido aquele papo pelo menos mil vezes, só que, daquela vez, estava me fazendo perder o trem.

Quando saí, disse ao taxista para correr, mas, quando cheguei à estação, vi meu trem indo embora. Enquanto esperava para tomar o seguinte, passei um tempo no bar, em algumas lojas e na livraria. De repente, percebi que era hora de embarcar. Faltavam poucos minutos para a partida. Em meu lugar, estava um senhor idoso.

— Boa-tarde, esse lugar deveria ser meu. O senhor tem certeza de que não se enganou?

— Estou viajando com minha mulher e estamos sentados separados. A senhora se incomodaria em trocar de lugar?

— Absolutamente. Imagine.

Sentei no fundo do vagão e, depois de alguns minutos, o trem partiu.

Minha visão romântica da vida me leva a pensar que, quando acontecem coisas desse tipo, o destino está brincando comigo por algum motivo ainda desconhecido. "Vou encontrar o homem da minha vida", disse a mim mesma, brincando. Eu estava tão cansada que decidi comer alguma coisa no trem. Assim, quando chegasse em casa, poderia tomar um banho e ir logo para a cama.

Quando estávamos perto de Milão, fui até o primeiro vagão e fiquei ao lado da porta para ganhar tempo. Ao meu lado, estava um homem que tivera a mesma ideia que eu. A poucos metros da estação, o trem parou. Olhamos um para o outro com ar de cumplicidade, e dei um sorriso.

— Dá vontade de descer e fazer estes últimos metros a pé.

— Acho que é por isso que as portas ficam travadas até o último instante.

O trem voltou a andar.

— Alguém ouviu a gente — disse ele.

Quando descemos, nos despedimos. Ele caminhava mais rápido do que eu. Fui em direção aos táxis e vi três carros e três pessoas à minha frente. Uma delas era o mesmo homem com o qual eu havia feito os últimos minutos da viagem.

— Se quiser, cedo o lugar — disse ele quando eu me aproximei.

A tentação era de aceitar e entrar no táxi.

— Obrigada, mas não faz diferença. Vou esperar.

— Tem certeza? Faço de bom grado.

— Sim, tenho certeza.

Ele entrou no táxi e foi embora, e eu logo me arrependi de ter recusado aquela oferta. Depois de alguns metros, o táxi parou, e ele desceu.

— Podemos dividir, está bem? Você não pode dizer não a tudo.

Fomos em direção à minha casa. No trajeto, conversamos um pouco e chamou minha atenção o fato de ele falar de si como se fosse bonito. Sua ironia revelava inteligência. Quando saltei do táxi, ele não me deixou pagar e pegou minha bagagem no porta-malas. Olhei para ele e estava prestes a confessar que não me lembrava de seu nome, mas, em minha pausa, ele viu certo constrangimento.

— Eu sei, você gostaria de me convidar para subir com a desculpa de tomar algo... Sinto muito, Elena, mas hoje estou cansado demais.

Fiquei imóvel, olhando para ele. Não entendi se ele estava falando sério ou brincando. Depois, comecei a rir junto com ele. Antes de voltar para o táxi, ele esperou que eu entrasse. Virei para trás, agradeci, e ele se despediu com um sorriso.

Aquela noite, fui dormir um pouco chateada por não saber nada sobre aquele homem. Às vezes, sentimos saudade de alguém que só encontramos por alguns minutos. De manhã, lembrei que ele se chamava Nicola.

Um sábado à tarde, enquanto eu estacionava o carro, ouvi alguém batendo na janela. Levei um susto. Era Simone.

— Oi, você me reconheceu pelo carro?

— Não, pela forma de estacionar.

Fiquei sem graça, era a primeira vez que eu o encontrava depois da separação. Ele deve ter percebido, pois logo me convidou para tomar café. Depois de conversarmos um pouco sobre amenidades, perguntei como Paolo estava.

— Agora está bem. Não foi fácil, mas, depois de tudo, ele está se virando muito bem.

— Fico contente, de verdade. Talvez seja difícil acreditar, mas fiquei muito triste com o que aconteceu conosco.

— Acho que, no fim, você acabou dando um presente para ele.

— Pensei muito em nosso casamento e, agora, sei que, em certos momentos, realmente fui insuportável.

— Certamente, mas ficar com ele também não é fácil. Foi o que sempre achei, e, agora que ele está morando comigo, não tenho dúvida.

— Está morando com você?

— Provisoriamente.

— Vocês não me pareciam tão unidos.

— Mas nos tornamos. Depois da separação, ele ficou por um tempo na casa de vocês, mas dizia que cada canto era uma lembrança dolorosa. Então, o que fez o gênio? Foi morar na casa de nossa mãe. Um domingo, fiz a mala dele, arrastei-o para fora de lá à força, enfiei-o no carro e o levei para casa comigo. Praticamente um sequestro. Ela ainda está com raiva, diz que vou estragá-lo.

— Do ponto de vista dela, tem razão.

Simone riu.

— Os primeiros dias não foram fáceis. Esgotei toda a minha paciência, brigávamos dia sim e outro também... Mas, agora, estamos nos dando bem. Você acha que vou para o céu por isso?

— Certamente.

— Viu só? No final, acabei morando com alguém e pensei que, se consigo viver com meu irmão, também posso viver com uma mulher.

— Não é exatamente a mesma coisa, mas já é um passo adiante: antigamente, você não se importava com ninguém.

— Tudo tem limite. Eu não podia deixá-lo com nossa mãe. Ela acharia uma forma de mantê-lo em casa até o fim dos dias dele. Devo confessar que estou contente com o que fiz, estamos bem. Conversamos muito, não apenas sobre vocês dois, mas também nossa infância, nosso pai, até nossa mãe e a vida em geral. Ele diz que entendeu muitas coisas, muitos erros que cometeu, e talvez eu também tenha entendido os meus.

— Tenho certeza de que você vai lhe dar os conselhos certos.

— Não, não, eu não digo nada. Escuto, acima de tudo. Daqui a alguns meses, ele vai se reerguer totalmente.

Fiquei contente por saber que Paolo estava melhor e Simone, perto dele. Antes de nos despedirmos, Simone me agradeceu.

— Obrigado por quê? — perguntei.

— Porque, graças a você, redescobri meu irmão, que é agradável.

Pouco depois daquele encontro, Paolo ligou para mim. A imobiliária encarregada de vender nosso apartamento havia recebido uma oferta. Eu não falava com ele havia meses e aquele telefonema me deixou agitada. Ele foi irônico e divertido, não sei se para disfarçar o constrangimento. A certa altura, disse:

— Sei que não faz mais diferença para você, mas tem uma grande novidade em minha vida: minha mãe não compra mais minhas cuecas.

Rimos juntos.

Prometemos que nos veríamos logo, por causa da venda da casa, e tomaríamos café juntos. Antes de terminar a ligação, ele me disse:

— Gosto de você, Elena.

Fiquei emocionada.

— Eu também, Paolo.

Ontem, terminei a parte difícil da mudança: a cozinha. Empacotar as coisas mais frágeis exigiu tempo e atenção.

Embora tivesse pedido a Carla para me deixar fazer tudo sozinha, ela passou para me ver com uma garrafa de vinho e, conversando, me ajudou com os últimos copos. Carla está em Milão para ver algumas casas, pois, finalmente, está pronta para voltar.

— Como eram os apartamentos que você viu hoje?

— Alguns eram terríveis, e me pergunto quem tem coragem de propor algo do gênero. Mas um deles é bem bonitinho, tem uma água-furtada, janelas baixas e vigas à mostra. É um pouco escuro, mas tem um terracinho. Já receberam uma oferta e só vão aceitar a minha se a outra pessoa interessada desistir. Segunda-feira, vou ver outro aqui perto. Se você quiser me acompanhar, estou pensando em ir na hora do almoço.

— Com prazer.

— Você sabe que, ao contrário de você, vou pedir ajuda na mudança, não é? Portanto, trate de não ficar muito cansada. Bem que este apartamento seria perfeito para mim.

— Eu sei. Pena que, outro dia, falando com a dona, ela repetiu que quer fazer obras e vendê-lo. Vou pegar grissini e queijo parmesão; se bebermos de estômago vazio nem vou conseguir fechar as caixas. Vamos, me ajude a acabar com estas coisas. Não gosto de jogar comida fora.

— Achei que fosse uma gentileza, mas você está me usando como lata de lixo.

— Sorte sua eu não abrir duas latas de atum.

Enquanto eu pegava um prato em uma das caixas para pôr as lascas de queijo e os grissini, ela notou minha perna.

— O que você aprontou? Está com uma bolha enorme!

— Outro dia, fomos dar uma volta de moto e, ao descer, encostei a batata da perna no escapamento.

— Imagino a dor! Também aconteceu com uma amiga e ficou marcado.

— Quase chorei de dor.

— E o que ele fez?

— Disse: "Agora que você já foi marcada, é propriedade minha, o que significa que nunca mais poderemos nos separar, a não ser que eu decida vender você." Começamos a rir.

— Como ele está?

— Bem, diz que está contente por eu ir morar com ele, porque, com a desculpa de abrir espaço para mim, se livrou de um monte de coisas que não usa mais.

Um celular tocou.

— É o meu ou o seu? — perguntou Carla.

— O seu.

Eu a fiquei observando enquanto, diante da janela, ela conversava e ria com um amigo. Carla me parecia feliz. Havia voltado a ser luminosa como sempre fora, talvez até mais.

Esperei que ela terminasse o telefonema e disse-lhe:

— Sabe que você está realmente bonita hoje? Esse vestido ficou muito bem em você.

— Obrigada, comprei semana passada. Assim que o vi, me apaixonei. Eu o usaria todos os dias.

Estou contente por Carla voltar a morar em Milão, por ela ter saído da crise, por ter recomeçado a se cuidar, também fisicamente.

— Vamos lá para dentro.

Fomos para o quarto.

— Coloquei sobre a cama as coisas que não quero mais. Veja se gosta de algo.

— Meu vestido preferido! Tem certeza de que não o quer mais?

— Tenho. Eu o deixei para fora exatamente para você.

— Lembrou que eu gostava dele?

— Difícil esquecer. Toda vez que eu o usava, você repetia a mesma coisa.

— Eu sei, sempre fiquei de olho nele. Saiba que, se você mudar de ideia, não vai ter devolução.

— Veja se gosta de algo mais. Ali estão os sapatos. Aqui, as camisetas, vestidos e suéteres. Lá estão as bolsas, cintos e todo o resto.

Carla se aproximou das sacolas.

— Ponha o que você gostar nesta caixa que levo tudo depois que você se mudar.

— Também não vai querer mais esta bolsa? Tem certeza? É linda.

— Para dizer a verdade, fiquei um pouco em dúvida. Eu a pus e tirei da caixa três vezes e, por fim, deixei-a aí em cima. Dê logo um fim nela antes que eu mude de ideia.

— Esta aqui você tem que guardar. É a sua cara.

É difícil encontrar palavras para expressar minha felicidade ao pensar que Carla vai voltar a morar em Milão. Estou entusiasmada com a ideia do tempo que passaremos juntas e das coisas que faremos. Sua volta é um belo presente.

— Outro dia, eu estava pensando que faz muito tempo que não vamos ao cinema juntas.

— Uma vida — respondeu ela, olhando o vestido que havia se tornado seu.

E nos abraçamos.

Quando Carla foi embora, arrumei ainda algumas coisas, depois desmoronei. Não estava com vontade de tirar todos os vestidos de cima da cama, então, decidi dormir no sofá. Acho que vou fazer o mesmo hoje à noite.

Hoje de manhã, o telefone me acordou bruscamente.

— Estava dormindo?

— Estava, no sofá.

— Desculpe.

— Não, você fez bem em ligar. Ainda tenho um monte de coisas a fazer. Que horas são?

— Oito e vinte.

— O que você já está fazendo acordado a esta hora em um domingo?

— Acordei cedo para abrir mais espaço para você e suas coisas. Continuo a dilatar minha vida para que você possa entrar com mais conforto.

— Não são tantas coisas assim.

— Daqui a uma hora, podemos sair para tomar café, se você quiser.

— Tudo bem, estou esperando.

28 de março

Lembro-me perfeitamente do momento em que entendi que gostava realmente de Nicola. Já fazia alguns meses que saíamos juntos. Uma sexta-feira à noite, depois de termos jantado, resolvi dormir na casa dele. De manhã, eu o ouvi voltando para casa. Acordei com o barulho que ele fez ao apoiar as chaves no prato da entrada. Sons que eu estava aprendendo a reconhecer. Ele foi direto para o quarto e, por um instante, senti a tentação de fingir que ainda estava dormindo para descobrir o que ele faria se me encontrasse adormecida. Não consegui e o esperei com um sorriso amassado. Ele me olhou, mostrando o seu sorriso. Tinha ido comprar jornais e croissants para o café da manhã. Enquanto falava comigo, aproximou-se, sentando-se na beirada da cama, afastou meus cabelos do rosto e me beijou, primeiro na testa, depois na boca. Às vezes, passamos minutos em silêncio, olhando um para o outro, momentos como depois de ter transado, antes de pegar no sono ou quando acordamos, com nossos rostos apoiados no travesseiro. Toda vez que isso acontece, tenho a sensação de que, naquele silêncio, uma parte profunda de nós dá um passo em direção ao outro. Muitas vezes, tenho a impressão de que as palavras só servem para construir aqueles momentos de silêncio.

Enquanto ele se encaminhava para a cozinha, disse:

— Vou deixar você fazer suas coisas em paz. Quando quiser tomar café, é só dizer que eu preparo.

Espreguicei-me e fiquei na cama, debaixo do edredom branco. Olhei à minha volta, observei as roupas, livros, óculos, a luminária, a gravata dele. Não sei quanto tempo durou essa panorâmica de suas coisas. Sei apenas que estava me sentindo bem, no lugar certo. Naquele exato momento, percebi que estava apaixonada.

Nicola não se parece com nenhum homem nem nenhuma pessoa que eu já tenha conhecido. É orgulhoso, está bem consigo mesmo, sorri com os olhos e, sobretudo, me faz rir. Tem a capacidade de tornar mais leves as situações e aliviar a tensão com uma palavra ou um sorriso. É irônico e, brincando, me faz notar como são pouco importantes as coisas que, às vezes, me irritam. Quando penso nele, me pego sorrindo. Como quando, nos dias após nosso primeiro encontro, o porteiro me entregava cartas, flores e bilhetes que Nicola havia deixado para mim. Em muitas coisas, somos diferentes e, no início, eu achava que isso impediria nossa real aproximação, impediria que estabelecêssemos uma intimidade verdadeira. Eu estava enganada. Além de não nos afastar, as diferenças se tornaram um ponto forte: nos deram a possibilidade de ver as coisas sob vários pontos de vista.

Não estou indo morar com ele porque acho que nosso amor será eterno. Vou para lá, porque, agora, ele é a pessoa com quem quero dormir à noite e acordar de manhã.

Alguns dias atrás, enquanto eu estava pensando em minha vida, perguntei a mim mesma quantos homens foram necessários para que eu pudesse estar preparada para o atual. Na verdade, entendi que aquela era a pergunta errada: quantas mulheres tive que encarnar para estar preparada para o homem de agora?

Ponho o diário na caixa e a fecho. Sento-me no sofá, olho à minha volta, me despeço da casa. Fico imóvel, com o olhar fixo no muro à minha frente. Depois, um pequeno barulho me distrai: é uma mosca que bate na janela fechada. Não entende que existe o vidro e continua insistindo. Deve estar se perguntando por que não consegue sair. Levanto-me, abro a janela para ajudá-la, mas ela continua a bater no vidro. Não consegue ver a saída. Deveria apenas se deslocar um pouco, a liberdade está próxima. Persiste inabalável. Então, mexo a mão e tento deslocá-la. A mosca se afasta da janela, depois segue na direção certa e, finalmente, sai.

Depois do banho, ponho um vestido florido e prendo os cabelos. Quero estar linda quando Nicola chegar, quero ver em seu rosto a expressão que ele faz ao me olhar e que revela que ele me adora. Ponho os brincos e deixo uma mecha de cabelos cair de modo que pareça casual. Recebo uma mensagem no celular: "Cinco minutos e estou aí."

Saio e o espero na escada. Não há ninguém na rua. O sol é brando, o céu está aberto, é possível ouvir pássaros cantando acima da única planta que sobrou. Nesta manhã de primavera, o ar fresco roça meu rosto e meus braços nus. Meus cabelos ainda estão um pouco molhados. Protejo minhas emoções como o que possuo de mais importante. Neste exato momento, tenho uma sensação de graça e beatitude. É uma daquelas sensações recebidas como um presente, uma atenção, um toque. Lentamente, pouso o olhar sobre aquilo que encontro. É como se eu visse e notasse cada coisa. O mundo à minha volta parece desabrochar. Em meio a tal quietude, tenho um deslumbramento. Sinto que algo dentro de mim reconhece tudo. Espontaneamente.

Um carro se aproxima. É Nicola. Ele sorri e vem se sentar a meu lado.

— Nem parece que você está fazendo uma mudança.

— Estou fazendo um intervalo.

Ele se aproxima de meu pescoço e o beija.

— Acordei com vontade de sentir seu cheiro.

Abre o pacote que está segurando e, imediatamente, o perfume dos croissants quentes preenche meu nariz.

— Geleia de mirtilos, chocolate, creme.

Pego um.

— Qual você pegou?

— Não sei, descobrirei apenas ao comer.

Sorrio e dou uma mordida.

Impresso no Brasil pelo
Sistema Cameron da Divisão Gráfica da
DISTRIBUIDORA RECORD DE SERVIÇOS DE IMPRENSA S.A.
Rua Argentina 171 – Rio de Janeiro, RJ – 20921-380 – Tel.: 2585-2000